〈宇宙図書館〉

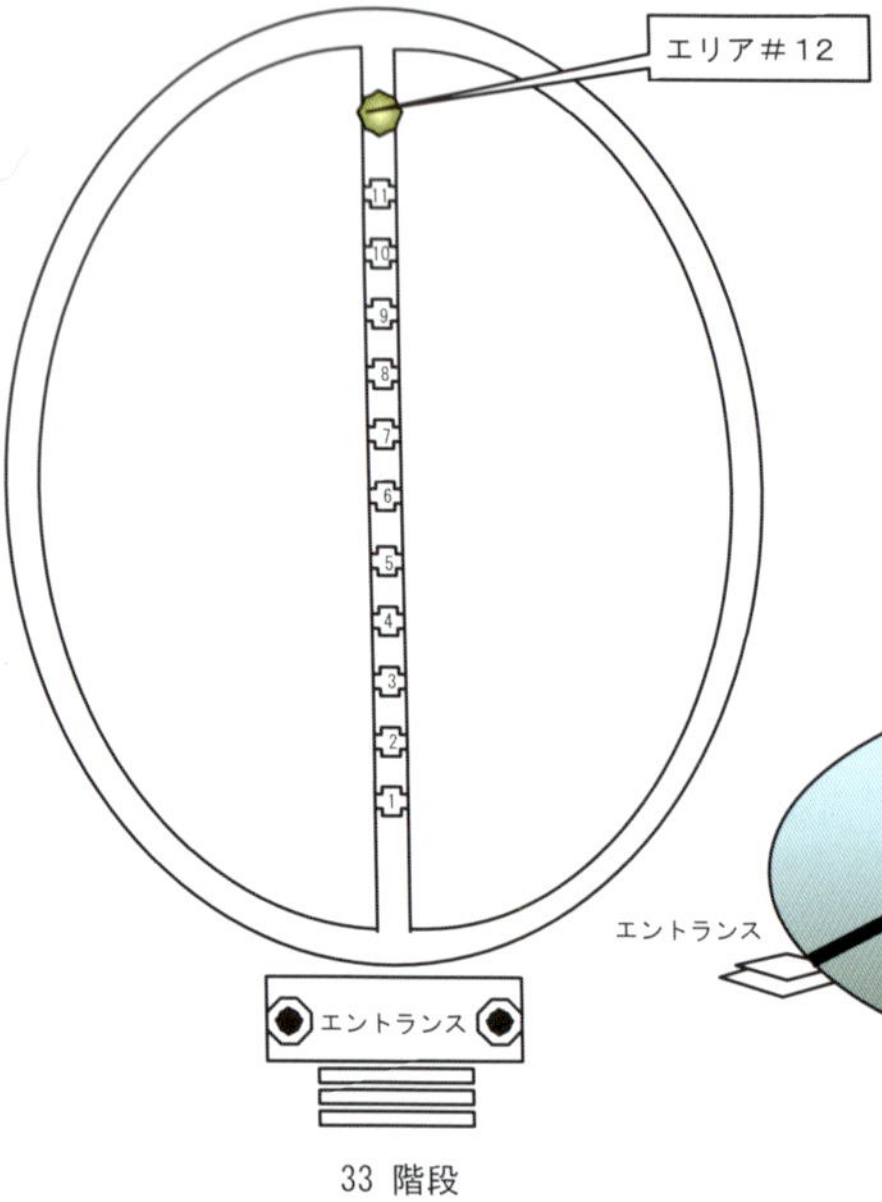

[平面図]

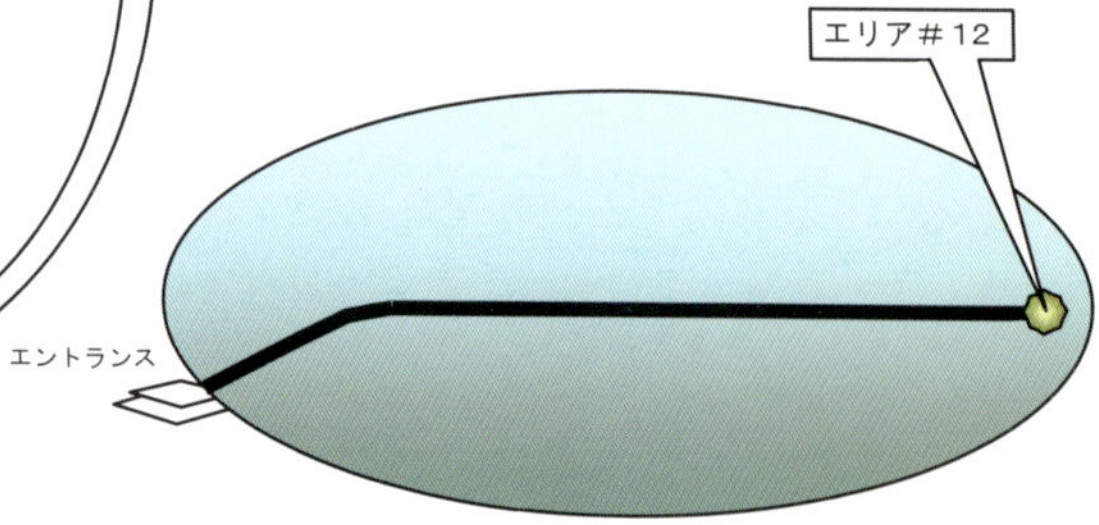

[断面図]

[エントランス (出入口)]

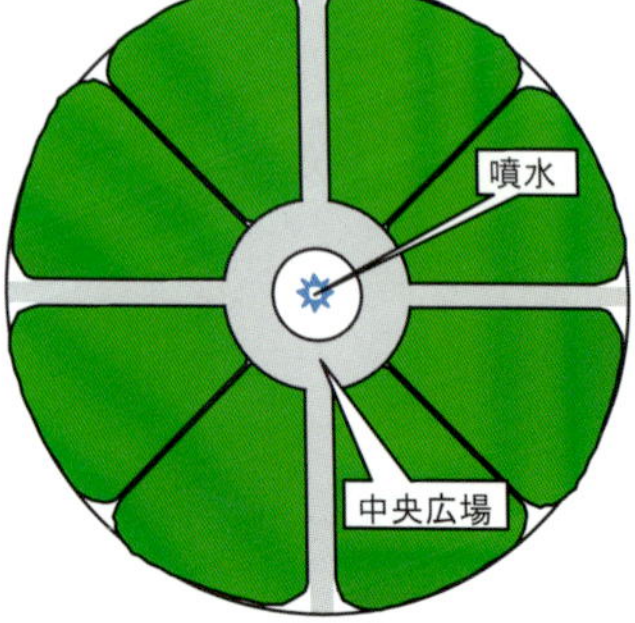

[エリア詳細図]

22を超えてゆけ

宇宙図書館《アカシック・レコード》をめぐる大冒険

辻　麻里子 著

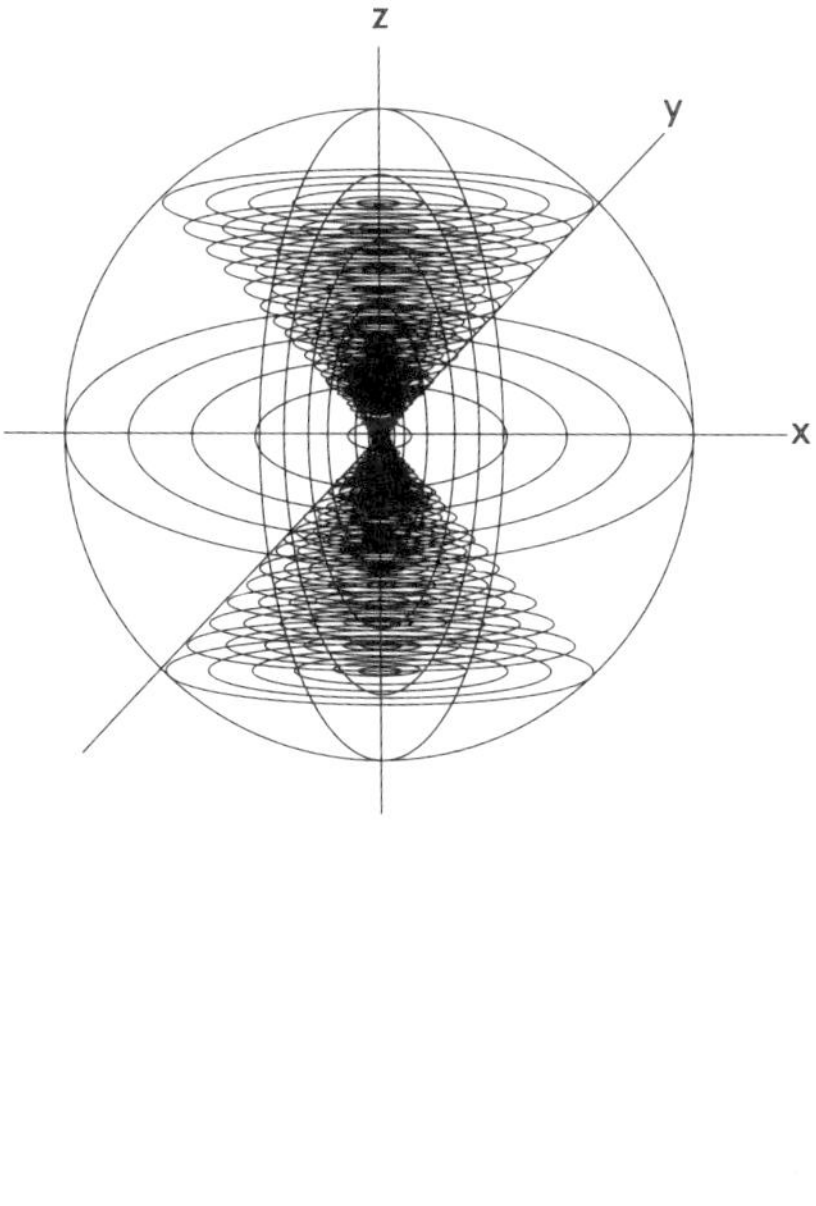

ナチュラルスピリット

目次

第1章　凍《こお》りついた記憶

まばゆい光が闇をひき裂き、どこからともなく不穏《ふおん》な雲がたちこめてくる。なまあたたかい風をかきわけ、えたいの知れないなにかが音もなく近づいてきた。ふり返れば、真っ青な光と鮮《あざ》やかな黄色い光が炎のように立ちのぼり、残像を螺旋《らせん》状に刻印し続けている。その光は、うねりをあげながら、天空をところせましと駆け巡り、どちらかが息絶えるまで永遠に終わりそうになかった。

一瞬のうちに暗雲がたれこめ、闇につつまれたかと思うと、まばゆい閃光が走り、世界は黄金に輝きはじめた。

光の渦の中心には、凍りつくような瞳が、青白い炎をちらつかせながら、爛々《らんらん》と輝いていた。波打つウロコ、隆起した背骨、鋭利なツノ、そして鈍い光を放つ狂暴そうな爪。その姿は遠い昔に絶滅したはずの翼竜か……いや違う。あれは伝説の龍だ！

青い龍は闇のように深い口を開け、すべての光を呑み干そうとしている。黄金の龍は雲のなかに身を隠したかと思うと、雷鳴を引き連れ、目から鋭い光を放ち、すべてを焼き尽くそうとする。あたりには焼けこげた匂いがたちこめ、大地に戦慄《せんりつ》が走った。

どれくらいのときが流れたのだろうか。ヌルッとした感触を覚え、手のひらを開けてみれば、そこには緑色の粘着物《ねんちゃくぶつ》が付いていた。とっさに鼻を近づけると、確かに鉄のような匂いがする。

「あっ！　夢。これは夢だ」

マヤの大声に気づいた龍は、一瞬、戦いの手をゆるめ、恐ろしい形相で地上を見おろしている。そして、何事もなかったように争いをやめ、「チッ」と舌打ちをしてマヤを一瞥《いちべつ》すると、渦《うず》を巻きながら天空のかなたへと吸い込まれていった。

マヤは唖然《あぜん》とした表情で、いつまでもいつまでも虚空《こくう》を見あげていた。これは現実に起きていることではなく、自分が見ている夢だとはわかっていたが、ヘビに睨《にら》まれたカエルのように筋肉が硬直してしまい、微動だにできなくなっていた。そうこうしているうちに、緊急を告げるアラームが遠くで鳴り響き、その音は段々けたたましさを増し、一刻も早くこの夢から脱出して、肉体に帰還することを促し続けている。万が一、帰還できない場合は、次なる夢にジャンプせざるを得ない。この際どんな悪夢でも構わないから、より好みせずに不時着しなければ……。

しかし、マヤは身うごきもとれず、凍《こお》りついた夢のなかに呆然と立ちすくんでいた。焦ればあせるほど息がうまく吸えなくなり、足が地面にへばりついたまま、どうしても持ちあげることができない。こうなったら急遽《きゅうきょ》、作戦を変更して、避難経路を見つけなければ……。

「落ち着け。落ち着くんだ。これは夢だ。夢なんだ」マヤは目にもとまらぬ速さで、緊急避難ゲートを検索し続けた。

だが、現時点で接続可能なゲートはなく、悠長に順番を待っている時間はなかった。こうなったら奥の手をつかって、未知なる経路に不正アクセスする以外、選択の余地はなさそうだ。しかし、そんな違法行為をしでかしたら、時空に歪《ゆが》みが生じ、今まで苦労して収集してきたデータが、すべて壊れてしまう危険性がある。それどころか、へたをすれば肉体の占有権を剥奪《はくだつ》されるか、生きながら狂気の淵をさまよい続けるか……。

ようするに、肉体を手放して死を迎えるか、記憶と呼ばれる膨大な情報源へのアクセスルートを遮断され、茫然《ぼうぜん》自失のまま生きてゆくか。道は二つにひとつ。しかも、あれこれ考えを巡らせている暇はなく、一刻の猶予《ゆうよ》も残されていないことを、鳴り響く警告音は告げていた。

岐路《きろ》とは、なんの前触れもなく、突然、目の前にやってくる。

ふり返れば、幼い頃から現在に至るまで、長年「夢の調査」に携わってきたマヤにとって、こんな不測の事態は初めてだった。いつかはこういうときがくると頭では十分理解していたつもりでも、まさか自分が……。夢の調査員であった多くの先人たちが迷い込んでしまったという「凍りついた夢」のなかに閉じ込められてしまうなんて。

「思い出せ、思い出せ……」

ここから抜けだす方法は絶対にあるはずだ。夢の調査の基本は、スタート地点に還ること。それが起きた場所に、起きた時間に、すみやかに立ちかえる。

しかし、今回の状況は、スタート地点に戻ったところでムダであることは明らかだった。どんなマニュアルを検索したところで、龍に「チッ」と言われたときの対処法など記載されていやしない。しかも、青龍と黄金の龍から同時に投げかけられた呪文をとくことなど、想像しただけでもゾッとするほど困難な話だった。

マヤは頭をかかえ、うつむいていた。しかし、あまりの鉄臭さに、あたりを見回した。悪臭の発生源は、どうやら自分の手のひらで、そこには緑の鮮血がベットリとこびりついている。それを見つめているうちに、脳裏《のうり》に一本の閃光《せんこう》が走った。

「そうだ！」

夢のなかでは色が逆になることを、マヤはようやく思い出したのだった。手のひらに、こびりついた「緑」の鮮血を「赤」に反転させれば、間違いなく現実の世界に戻ることができる。マヤにはこの作戦を成功させる、ゆるぎない自信があった。なぜなら以前にも、色の補色効果を利用して、夢と現実の世界を鏡のように反転させたことがある……

そのとき、突然なにかが喉に引っかかり、呼吸が苦しくなった。たまらず咳き込むと、口のなかから、なにかが勢いよく飛びだし、あたりは真っ白な光に包まれてゆく。眩しさに目がくらみ、なにも見えなかったが、耳元でこうささやく声が聞こえていた。

……太陽が　みどりの炎をあげるとき　あおい石は語りだす　いにしえの未来を
……あおざめた世界に　みどりの炎がかかるとき　人々は思いだす　あらたな過去を
……ひかりの道は　ここにある

「光の道……？

やった！　避難ゲートだ！」マヤはとっさに光の渦に飛び込んだ。

渦巻きのなかは霧状のシャワーが勢いよく降りそそぎ、息もできないほどだったが、ここで意識を失ってしまうと夢で見た記憶をすべて手放すことになる。意識を失うまいとマヤは必死に抵抗を続けていた。光は徐々に眩《まぶ》しさを失い、水の勢いも段々とおさまってゆく。ようやくあたりを見渡す余裕ができると、眼下には遺跡群が見えてきた。

神殿の前にひろがる道を猛スピードで駆けぬけ、全身に風を受け走り続けているにもかかわらず、マヤはその姿を上空から眺めていた。鮮明な夢のなかでは、斜めうえあたりから、モニターカメラの視線になって自分の姿を醒めた目で見ているものなのだ。そして、その視線自体は、姿かたちはまるでなく、単なる意識体であり、しいて言えば光の粒子のようなものだろう。しかし、不思議なことに、モニターカメラの視線は、自分が風を受けて走り抜けていることを体感し、しかもこれは夢の世界であり、自分の本当の肉体はベッドのなかで眠りほうけていることを知っているのだった。

たとえ緊急避難的に迷い込んだ経路だとしても、「夢の調査」を遂行《すいこう》するためには、この光景は必ず憶えておかなければならない。決して忘れてはいけないと、脳裏《のうり》に焼きつけるように、何度も何度も反芻《はんすう》していた。未知なる領域であっても、頭のなかで何度も反復し、足場を踏み固めることによって、ゆるぎない道が確立される。結果的には座標軸をシッカリと固定することになり、道標《みちしるべ》を立てることができる。そうすれば後日その道標を頼りに、夢の詳細を探索できるという仕組みなのだ。

風をかきわけ走り続けると、立方体のブロックが行く手を阻んでいた。その理由はわからないが、無造作に置かれたブロックを規則正しくつみあげ、ピラミッドを造る必要に迫られていた。なぜ、こんなことをしなければいけないのかわからないまま、ブロックを一つひとつ運び、ようやく一段目まで完成させたが、設計図もないのに、この先はどうやってブロックを積めばいいのか見当もつかない。ブロックを平面に並べ、基礎となる部分は完成させたものの、たった一人の力だけではどうにもならず、どういう角度で立ちあげるべきか、マヤにはわからなかった。

幾つもの雲の影が流れ、光と闇を交互に繰り返しながら、永遠とも思えるほどの時間が過ぎ去っていった。しかし、いつまで待っても誰も現われなかった。

「みんな、どこへ行ってしまったんだ！」

なんの根拠もないが、ピラミッドは三人の力をあわせなければ完成しないとマヤは思っていた。この先どうしたものかと、うろうろと歩き回っていると、どこからともなくバニラの甘い香りが漂ってくる。その発生源を突きとめようと、あたりを嗅ぎまわれば、そびえ立つブロックの上に、青黒い影がユラユラと揺れているのが見えた。その影は下界を覗《のぞ》き込むように細い首を伸ばし、ひときわ燦然《さんぜん》と輝く瞳を向けている。目をこらしてみると、青黒い影は四つ足の動物のようであり……先の尖った大きな耳と細い鼻、すらりと伸びたしなやかな体は、気品のある深い藍色《あいいろ》に輝いている。

「青い猫……？」マヤは、まぶしそうに見あげた。

ラピスラズリの輝きを放つ四つ足の動物が、黄金の翼を颯爽《さっそう》とはばたかせると、あたりは目も眩《くら》むほどの、まばゆい光につつまれた。そして光のかなたから、微細《びさい》な音をたてながら羽根が舞い降りてくる。

ゆらゆらと弧を描き地上に近づいてくるうちに、羽根の裏側には光で描かれた幾何学《きかがく》模様や数字、そして象形《しょうけい》文字のようなものがビッシリと刻まれているのが見えていた。

「ピラミッドの設計図だ！」

マヤは歓喜の声をあげ、両手を高らかに差しのべ、黄金の羽根をつかもうとした。


「逃げろ！」

突然、モニターカメラの視線に、引き戻されていた。

地平線のかなたから大勢の人が、土煙をもうもうとあげながら押しよせてくる。その煙は龍の形になり、大きな口を開けて近づいてくるではないか。

……あっ、あれは伝説の龍だ！羽根に書かれた秘密を盗みにきたんだ。

地の底から地響きが湧きあがり、群集は凶器を振りかざし、口々に叫び声をあげている。

そのとき、不意に睡魔が襲ってきた。

「なんで……　こんな、とき　に……」マヤは悲痛な声をあげた。

しかし、どうすることもできず、不本意ながら、深い眠りの底へと引きずり込まれてしまう。

この夢だけは絶対に手放すものかと、必死に抵抗したが、鮮明な色と印象的な光景は切れ切れになり、深い闇のなかへと消えてゆく。

意識が闇に沈みこむ前に、黄金の羽根に描かれていた設計図を、どうしても記憶にとどめておかなくてはと、枕元にあったペンに手を伸ばし、いま見た夢の光景を書きとめようとした。しかし、体はすでに眠りに落ち、ペンを握る力さえ残っていなかった。表面に微《かす》かに残っていた意識も、はるか遠くへと消え去ってしまう。黄金の羽根に描かれていた、幾何学模様や数字はバラバラにほどけ、記憶のかなたへと飛び去っていった。

第2章　夢の調査

うとうとと、夢の浅瀬を漂《ただよ》うように……まどろみながら、消え去る余韻《よいん》を頼りに、夢と現実が交差する地点を探していた。

マヤはいつものように、ベッドに横たわったまま、夢のかけらを拾い集め、昨夜に見た夢を懸命に思い出そうとしていたが、目印となる座標軸はどこにも見つからず、その痕跡《こんせき》は跡形《あとかた》もなく消え去っていた。ただ、重大な夢を見ていたという予感めいたものだけが、ユラユラと陽炎《かげろう》のように立ちのぼっている。

あたりは、うだるような空気が充満し、まとわりつく暑さに覆われていた。かすかな余韻に耳を澄ませ、再び夢のなかに舞い戻ろうとしたが、日はすっかり高くなり、太陽の香りが渦《うず》を巻き、いまさら夢のなかに降りてゆくことなど容易なことではなかった。夢のシッポを捕まえることさえできれば、それを手がかりにして、再び夢の世界を検索できるのだが……。しかし、著しく集中力を妨げる原因となるものが、この部屋のどこかに潜んでいるような気配を感じていた。

寝すぎで重くなった頭を起こし、けだるそうにあたりを見渡すと、頭から水をかぶったように、全身グッショリと汗をかいていた。何者かに追われ、長い道のりを逃げまわっていたかのように、手足がグッタリとしている。重い物でも持っていたのだろうか。激しい筋肉痛に見舞われ、手のひらには干からびた血痕のようなものがこびりついていた。なぜ逃げまわっていたのか、いったい誰に追われていたのか皆目見当もつかなかった。ただならぬ夢を見ていた予感だけがたちこめていたが、その詳細はまったく像を結ばず、土煙をあげながら近づいてくる怒号だけが耳の奥で微かに響いていた。

他人から狙われるような高価なものなど、なにひとつ持っていないマヤにとって、これはまったく身に覚えのない出来事だった。ねぼけた目をこすり、あたりを見渡すと、強盗に入られたかのように、部屋中のものが散乱し、引き出しという引き出しがすべて暴《あば》かれ、たわいのない隠しごとは、バツの悪い様相で日のもとにさらされていた。壁に掛けられていた絵画はズタズタに引き裂かれ、無残な姿でぶらさがっている。傾いた本棚からは本が崩れ落ち、乱雑にページが開かれ、砕け散ったガラスが鋭利な破片をちらつかせながら、そこかしこに散乱していた。マヤは何度もまばたきを繰り返し、なにが起きているのか把握するのに、しばらく時間を要した。

「……なにこれ？」

その惨状は、まるで悪夢の続きを見ているかのようだった。いっそ夢であって欲しいと願ったが、目の前で起きていることは、ゆるぎない事実のようであった。確かにこれは、自分の身に降りかかった災難には違いないが、あまりの大胆な奇襲攻撃に、あきれるやら、感心するやら、思わず笑いださずにはいられなかった。

部屋のなかを荒らされたことなど、どうでも良いことだった。夢で見た風景を描いた絵を切り刻まれても、たいして気にはならなかった。形ある物はいつか壊れてしまう運命にあり、そんなものに執着を抱いていても虚しいだけで、それよりも、昨晩見た夢を思い出せないことの方がマヤにとっては、はるかに重大なことのように思えた。物質的なものはなんでも差しだすから、そのかわりに昨夜の夢だけは、どうしても返してもらいたい。「夢の調査」にたずさわる者としては、夢をなにひとつ憶《おぼ》えていないということは痛恨の極みであり、それがなにやら予感めいたものを伴っているのなら、ことはよりいっそう深刻であろう。マヤは長年「夢の調査」に関わってきたので、それなりに熟練された技術を習得していると自負していたが、それは根拠のない自信であり、なにごとも謙虚に学び続けなければいけないということを、今回の出来事は物語っていた。

それよりも、かんにさわるのは、ごみ箱の中身がまき散らされ、吐《は》き気をもよおすような異様な匂いを放っていることだ。この悪臭だけは我慢できず、足の踏み場もないほどの惨状のなかを、そろそろと慎重に歩き、窓際までようやくたどり着くと、勢いよく窓ガラスを開け放った。窓の外には目にも鮮やかな緑が、陽《ひ》の光をさんさんと浴びながら伸びあがり、コバルトブルーの空には、湧きあがる入道雲がまばゆい光を放っている。地上の喧騒《けんそう》を忘れ、雲のうえを漂《ただよ》っているような錯覚を覚えたが、そんなくつろいだ気分もつかのま、首の後ろを引っ張られるような、ただならぬ気配を察知してふり返ると、散乱した紙屑が風に巻きあげられ、めくるめく円舞《えんぶ》のようにリズムを刻み旋回していた。その渦巻きを見つめているうちに、これは単なる物取りのしわざではないということに、マヤはようやく気がついたのだった。

そして、この部屋の惨状は、紛れもなく昨夜の夢と呼応していると確信した。心の内側で起きていることは、外側の世界に影を落とすものであり、夢は心を映しだす鏡となる。特に自分の部屋と、心のなかの関係には共通項が数多くあり、たとえば、考えがまとまらず収拾がつかない状態に陥っているとき、部屋を片づけ始めると、不思議と解決策が浮かんでくる。

目の前に広がるこの部屋のありさまは、心がそうとう不調和を奏で、危機的な状況にあったことを示していた。この惨状を手がかりに、昨夜見た夢を探索することができるはずだ。たとえ座標軸が残されていなくとも、それが真に重要な夢であったなら、どんなことをしてでも、なんらかの痕跡《こんせき》を残しているにちがいない。

そもそも、マヤが行なっている「夢の調査」とはどういうものかというと、記憶の整理のために見る通常の夢以外で、予知夢や鮮明夢と呼ばれているものの解読を進めるものである。大きな事故や災害などを事前に察知し、それを回避するために前兆現象を解読したり、あたかも第三者から見せられているような、鮮明な夢の謎を解くために始められたプロジェクトであった。これらの夢は人間の「集合意識」とよばれる領域から配信され、複数の人が同時に同じ夢を見ている可能性があり、集められた夢を随時データベース化して、その意味をつきとめることが本来の目的なのだ。

しかし、夢という個人的なことを題材にしているため、ややもすると客観性に欠けてしまうことがあり、まだまだ未解明な部分が大半を占めているのが現状である。

夢のなかでは比喩的な表現が多く、ましてや意味が何層にも重なりあっている場合、それをどう解釈するかは、緻密なデータ分析と直観以外にはなにもなかった。それぞれの文化や風習、または世代によって、夢の解釈に差異が生じる場合もある。たとえば同じ生き物を見たとしても、その生き物に対する個人的な嗜好《しこう》や記憶によって解釈に差がでるのも当然であろう。夢のなかのサインは、個人的な要素が強く、すべての人にあてはまるわけではなく、データベース化するのは困難であり、科学的根拠に乏しいことも事実である。それに、事前に前兆現象を予知したところで、それを信用してもらえるかどうかは、また別の話だった。

確かに、こんなことをしてなにになるのかと聞かれれば、答えに困ってしまうが、夢のメカニズムが解明されれば、個人レベルを超越した集合意識の領域へと、自由にアクセスできるかもしれない。脳や記憶の仕組みを知り、さらに人間の集合意識を超えたものを見つけだし、この宇宙に人間が存在する意味や目的をも解き明かしたいとマヤは思っていた。

夢は非生産的で人類の進歩には、なんの役にも立ちそうにないが、予知夢を見ている人がかなりいるということも、また事実であり、それはきっと人類という種の生存に、なんらかの形で役立つはずである。

この地球上において、新たな地平を探すことは困難だが、夢と呼ばれる領域は、いまだ手つかずのままであり、閉塞感《へいそくかん》に陥っている人類にとって、宝の山となるかもしれないのだ。

そんな「夢の調査」の前に忽然とたちはだかる敵が存在していた。それは、ある種の夢は意図的に消去されるということである。

たとえば、夢から醒める直前に、光のトンネルをくぐり、細かい霧状のシャワーを浴びることがある。それはまるで産道を通り抜けた際に浴びた、記憶を消去する光の粒子のようなものが頭上から降りそそぎ、一種の記憶障害を起こすのである。それは自らの意志によるものなのか、あるいは第三者が意図的におこなっているのか定かではない。ただひとつ注意しなければならないことは、自ら封印した記憶ならば、やたらに掘り返すべきではないということだろう。なぜなら、封印するからには、それなりの意味があり、ショックを和らげるための自己防衛システムが作動している可能性があるからだ。単なる好奇心から無闇に掘り返すと、魑魅魍魎《ちみもうりょう》がよみがえり、収拾がつかなくなってしまうかもしれない。

今のところ、記憶を消す物質から身を守る方法は解明されていないが、昨夜の夢はなんらかの理由で、意図的に消去されたことだけは、間違いなさそうだ。頭のてっぺんから、バケツで水をかけられたようなこの状況は、記憶を消す霧状の物質を大量に浴びた証拠ではないだろうか。

また、過去の経験から判断すると、ときと場所が合っていない夢は、消去される運命にあるようだ。なぜなら座標軸を確立して初めて時空が設定され、その所在が明確になるからだ。座標軸とは、X、Y、Z軸を設定することである。具体的には時間と場所が交差する地点を特定し……その設定の仕方とは驚くほど簡単なので、拍子抜けしてしまうかもしれないが……ただ、夢に「題名」をつけるだけのことなのだ。いわば言葉で固定することにより、雑多なものは整然とファイリングされ、再び取りだすことができるようになるのだった。

逆説的に考えれば、昨夜の夢は、名前さえつけられないような、異質な時空領域で起きたことなのだろうか……？

座標軸の設定

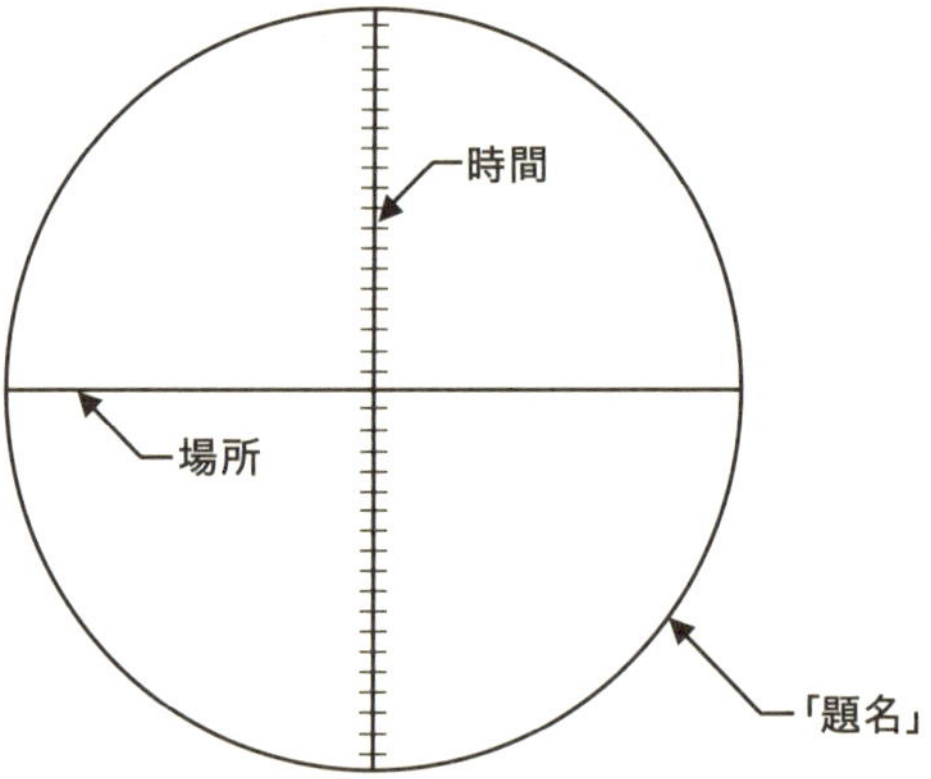

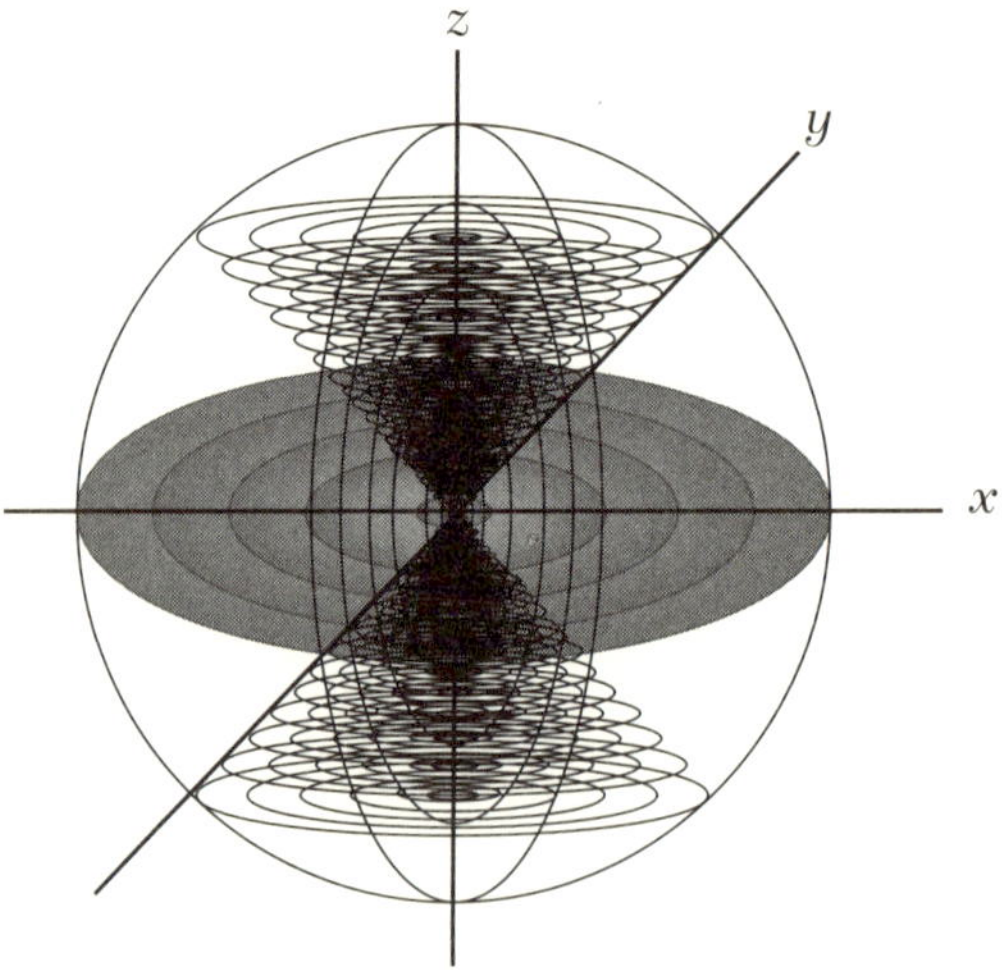

まき散らされたものを一つひとつ丁寧《ていねい》に掘り起こし、些細な痕跡《こんせき》も見逃さないように注意した。無造作に開かれた本に、なにか手がかりとなるものが書かれてはいないか？　引き裂かれた絵画にヒントは隠されていないか？　暴かれた引き出しの中身に、砕《くだ》かれたガラスの破片に……。

そして、くしゃくしゃに丸められた紙に触れようとした瞬間に、指の先から青白い炎があがった。恐る恐るなかを開いてみると、黄ばんだ紙には、なにやら不思議な模様が連なっていた。数字や幾何学模様、解読不能の古代文字のようなものが何段にも走り書きされていた。古くさい紙切れを凝視《ぎょうし》しているうちに、胸騒ぎにも似た感情があらわれ、疑問が次から次へと湧きあがってくる。

この紙切れがどういう経緯《いきさつ》でやってきたのか、マヤには思いあたるふしはなかった。ただ一つだけ確かなことは、「あるはずのないものが、あるはずのない場所に存在している」ということである。ときと場所が合っていないものが放つ独特の違和感……異なる波動を放つもの……著しく集中力を妨げていたものは、この紙切れに違いない。

部屋中を見渡しても、取られたものはなにもなく、それどころか反対にものが増えている始末である。実際には物取りに遭《あ》ったのではなく、この紙切れを盗んできたのは他ならぬ自分自身では……。その動機はまったく思いあたらないが、手のひらに残る微《かす》かな血痕《けっこん》を見つめ、マヤは少々不安になっていた。ガラスの破片で手を切ってしまったのではなく、これは誰か他人の血痕かもしれない……

その謎をとく唯一の鍵は、この紙切れにありそうだ。しかし、どう見てもそれほど重大なことが書かれているとは、とても思えなかった。

どうにか読めた文字は、何段にも意味不明に羅列《られつ》された数字だけで、それ以外は円や三角形、正体不明の記号か図形、そして象形文字のようなものが描かれていた。これは……未解読の古代文字ではないのだろうか。古代文字を追いかけてゆけば、地球文明の起源が解き明かされ、われわれがどこからやってきたのかわかるかもしれない。しかし、なぜ地球人類は、共通の言語を使っていないのだろう。ひとつの惑星のなかで、これほど多種多様な言語を持っている星が、他にあるのだろうか……。

古ぼけた紙切れをシゲシゲと見つめているうちに、遠い記憶が堰を切ったように流れだし、うねりをあげている。脳裏に閃光が走り、眠っていた回路に怒涛《どとう》のように電流が流れ、埋もれた記憶が再び目を醒ます。忘れ去られた太古のプログラムが、いっせいに作動し始める気配を感じていた。

「この文字は……もしかして、神社の境内《けいだい》の石に刻まれている模様と同じ？」
ひょっとすると、これは古代の象形文字ではないだろうか？　この文字を解読すれば、古ぼけた紙切れが舞い込んできた理由も、部屋のなかが荒らされていた訳も、身に覚えのない血痕の正体もわかるはずだ。なによりも、消された夢のゆくえも解明できるに違いない。そして、マヤが幼い頃から抱き続けていた長年の疑問……神社の石に刻まれている模様の意味……さえも解き明かされるのではないだろうか。

マヤは目をつむり、遠い記憶を辿るように、生まれた家の裏手にあった、古ぼけた神社の境内の石を思い浮かべてみた。額の裏には、青黒い文字がボンヤリと浮かんでくる。ふたたび目を凝らしてみると、三つずつの塊が横方向に三個、合計九つの文字が刻まれ、縦方向にも何段か文字は連なっていたが、土に埋もれ最後まで確認することはできない。埋もれた記憶を掘り起こしているうちに、連鎖反応的に記憶の扉が開き始め、マヤは遠い日の出来事を鮮明に思い出してゆく。

マヤは幼い頃、境内にある石には、なにが書かれているのか、周りの大人たちに聞いてみたことがあった。しかし、これは文字ではなく、誰かのイタズラ書きだといって、まったく相手にしてもらえなかったのである。

今になって改めて考えてみると、いったいどこの誰が、これほどの労力を費やしてまで、わざわざ石にイタズラ書きをするというのだろうか。もし、たわいもないイタズラならば、木の幹にでも刻み込めばじゅうぶんだろう。

境内の石には、もっと重大なことが刻まれているに違いない。なぜなら、なにかを伝えるために、全身全霊を込めて彫ったということが、石の表面を触れば容易に伝わってくるからだ。読むことさえできない古代エジプトの象形文字のように、その意味はわからなくても、それを彫った人の心情のようなものが伝わってくるのだった。

みんな重大なことを隠しているようだった。「石に近づくと目がつぶれる」などと根拠のないことを言って、強引に石から引き離そうとしていた。もし、誰かのイタズラならば、そんなことは言わなくてもいいはずなのに……。

しかし、その忠告を、いっこうに聞かなかったせいか、マヤは視覚に関して少々不安を抱えるようになっていた。マヤにとって夢のなかで目撃する光は透き通った宝石のようにピュアな輝きに満ちていた。光につつまれた夢の世界はハミングを刻み、すべてのものが内側から輝きを放ち、自分も光の一部であることを心の底から実感できた。それにひきかえ、いざ現実の世界に戻ると、幾千もの絵の具を使っても、夢の光景を再現することは不可能であり、現実の世界は靄《もや》がかかったように鈍い光に覆われ、ドロドロとよどんで見えた。目に映る現実の光はあまりに暗く、そして淋《さみ》しかった。現実の世界とは夢で見るものの影にすぎず、まるで極彩色の楽園を、白黒の望遠鏡で覗いているような、限定された視覚しか得られない。

目に映る現実の世界は、どこか遠いところで起きていることのように、自分とは無関係な出来事に思えた。マヤにとって、周りの人々は作り物のようであり、取り巻く世界はボンヤリとしていて、まるで実感というものがなく、見せかけの世界は、いくら表面をつくろっても、すべてが繋がっているという一体感に欠けていた。


そして、どう客観的に考えてみても、こんな風にしか現実をとらえることができない自分は、間違ってこの惑星にやってきてしまった部外者ではないか……生まれるときと場所を間違えたヨソモノ。座標軸の設定エラーによって、違う時空に取り残された不法滞在者だとさえ思っていた。

著《いちじる》しく調和を乱すもの。ときと場所があっていないものが放つ、独特の違和感を嗅ぎわける能力があるのはマヤ自身が、それらと同じ不調和の波動を放っているからだろう。そもそも「夢の調査」などという、なんの役にも立ちそうにないことを始めたきっかけは、自分の本当の故郷を探すために、記憶の底を探索することが目的だった。不思議な夢の世界を解き明かせば、自分がどこからやってきたのかわかるのではないかと……なぜなら、この地球に最初に降りたった日のことが、何度も繰り返し夢にあらわれていたからだ。そして、その記憶をさらに遡ると、あたたかい白い光に包まれた世界が広がっているのだった。

それはさておき、境内の片隅にある石を科学的に分析してみれば、どういう物質なのだろうか。御神体は空から降ってきた隕石だと、もっぱらのウワサだったので、境内の石も空から降ってきたということも否定できない。それならば、人体に危害を及ぼすものを発している可能性もあり、「石に近づくな」という忠告も、あながちウソではなかったのかもしれない。その忠告を素直に聞かなかったせいで、感覚がおかしくなってしまったのだろうか。

実はマヤは視覚だけではなく、聴覚も少々あやしくなっているようだった。しばしば、頭の斜めうえあたりから誰かの声が聞こえていた。そんなものは単なる気のせいと言ってしまえばそれまでだが、その声はマヤが危機的な状況に直面したときに、「危ない」などと注意を促してくれる。実際のところ、その声のおかげで命拾いをしたことが過去に何度かあり、他の誰がなんと言おうとも、マヤはその声に絶大な信頼を寄せているのだった。

その声は、あれをしろ、これをしろと命令したり強制することはなく、「その通り」などという程度のことだったので、ありがたい助言として受け止めることにしていた。しかし、その声は耳の片側からしか聞こえず、決して両側から聞こえることはなかったので「右脳の住人」とマヤは呼んでいた。

《数字》

幼い頃の記憶がとめどなく開かれてゆくなかで、マヤは数字に異常なほどの興味を抱いていたことを思い出した。神社の長い石段を、数を数えながら登ったり、スケールの目盛りを数えたり、道端の石ころや電柱を延々と数え続けたりしていた。数字に対する思いは尋常でなく、数字ごとにどんな性格で、どんな色をしていて、どんな香りがして、どんな食べ物が好きで……などなど、とりとめもない物語を作って遊んでいた。そして自分だけが知っている秘密の名前をつけて、それぞれのテーマソングまで作って歌っていたほどだった。

小学校に入り、初めての算数の時間は、ついに数字が習えるかと思うと、嬉しさのあまりイスに座っているのか宙に浮いているのか、なにがなんだかわからなくなったことを覚えている。しかし、その喜びも、掛け算「九九」を呪文のように暗記させられたときに、無残にも敗れ去ったのだった。マヤにはどうしても、掛け算「九九」が納得できなかった。

たとえば、

8×9＝72
9×8＝72

という式が示すように、この呪文のうちの約半数は、無駄な重複にもかかわらず、日本には

「九九」があるから、外国人より計算が得意だと大人たちが信じて疑わないことが、どうしても不思議に思えた。「九九」は日本固有のものではなく、世界には、12段まである国も少なくないというのに……。

なぜ、「九九」を最初から全部覚えなければいけないのだろうか？

7の段は、7×7から、8の段は、8×8から始めればいいのに……と思っていた。

そんなマヤにとって最大の難問は、「ゼロの段」だった。

掛け算のなかでも、ゼロの段の存在だけは、どうしても納得ができず、なぜ、ゼロを掛けると、どんな数字でもゼロになるのか。その正当な理由を説明して欲しいと、先生やまわりの大人たちに聞いていた。

「ゼロとは、どういう意味なの？」「なにもないものを掛け算する意味は？」「この答えを知らないと、どうなるの？」「人生のどういう場面で、ゼロの掛け算が必要になるの？」「表面積は増えるのに、重さがゼロに近くなるスポンジ構造のものは最後にどうなるの？」……そんなマヤの疑問に対して、納得できる答えを示してくれる人は、どこにもいなかった。

「ゼロはどんな性格で、いったい何者なのか教えて欲しい」というと、大人たちはあからさまな嫌悪感《けんおかん》を示し、理由などどうでもいいから、答えだけ覚えろといっていた。正当な理由もなく丸暗記することは、マヤにとっては苦痛だった。納得できないものを、ただ呪文《じゅもん》のように唱えるなど、とてもできなかった。テストにでたゼロの掛け算の答えは、仕方なくこのように書いていた。

（1×0）（2×0）（3×0）＝「ムダ」「ムダ」「ムダ」
（0×1）（0×2）（0×3）＝「ムイミ」「ムイミ」「ムイミ」
（0×0）＝「ム」

どの時代の、どの場所にいっても、数学的なものは永遠に変わらないはずだ。たとえば、3×3＝9という計算式の答えは、地球上のどこの誰が解いても同じだろう。もしも、ときを超えて誰かにメッセージを残したいとすれば、数字を使って答えを示す方法が、一番確率が高いのではないか。謎の古代文字を解読するより先に、数字を解くほうが簡単に違いない。

とりとめもなく考えを巡らせているうちに、ある疑問に突き当たった。それは、普段なんの疑いもなく使っている日本語は、縦書きの場合は右から左に進むが、横書きは左から右に進むことである。古い石碑《せきひ》には、横書きの場合でも右から左に読むものがあるので、欧米の言語を習い始めてから、横書きは左から右に書くことに統一したのだろうか。

文字を右から左に読もうが、左から右に読もうが、たいして変わらないと思うかもしれないが、思考を巡らすときに、右側に視線を向けるのと、左側に視線を向けるのでは、まったく違う考えが思い浮かぶものだ。物事を空間的に捉えたければ、右斜めうえに視線を、論理的に考えたいときは、左斜めうえに視線を泳がすことが正解だと思われる。このことは、日常的には区別がつきにくいが、夢を自分の思い通りに展開させるには、実は「視線の動かし方」がポイントになるのだ。偏った方向に陥り、堂々めぐりにならないためにも、どの方向に視線を向けるかが、夢のなかでは重要になる。

シンメトリーの優美な建造物のように、左右対称の調和のとれた思考に到達するには、つねに一方向から読み進めるのではなく、右から左に読んだら次は左から右、そしてその次は再び右から左というように、蛇行するように読み進めるのがベストだろう。しかし、そのような夢のような言語が、果たしてこの地球上に存在しているものだろうか。

だが、なんの根拠があって、これらの文字を古代文字だと決めつけていたのか。なぜ現在でも未来でもなく、過去のものだと思い込んでしまったのだろう。

文字が考案されるより前にも言葉があり、言葉を使うより前には、きっとテレパシーのようなものを用いて、人はコミュニケーションをとっていたのではないだろうか。言い方を変えれば、太古の昔には文字など必要なかったのかもしれない。もしもこの先、人類が高度に発達することがあるならば、言語というものは、もっとシンプルになり、文字というものも簡略化されるのではないだろうか。人類共通の言語、異種間においてもコミュニケーションがとれる、言語を超えた言語へと……。

そして究極的には宇宙共通の言語、いわば光で書かれた「光の言語」というものが、未来にはきっとあるはずだ。この紙切れに書かれた文字は、過去のものとは限らず、現在もしくは未来の文字という可能性も捨てきれない……。

いろいろな文字を見ているうちに、頭がヒートして飽和状態になってしまった。マヤは目をつむり、思考を鎮め、古ぼけた紙切れを額の真ん中に押しあててみた。紙切れはヒンヤリとしていて、あらぬ方向へと暴走を続ける脳を冷やしてくれる。

うとうとと眠りかけていると、額の奥に、ほのかな模様が浮かびあがり、そこにはおびただしい量の数字が、碁盤の目のように規則正しく並んでいた。帯状にならんだ数字は、システマティックに動きだし、めざす答えを一瞬のうちに導いていた。金庫の鍵を開けるように、数字を合わせると、バラバラに見えた数字はハミングを刻み、規則正しい軌道を描き始めた。数字は音符になり、それぞれ固有の音階を発し、たなびく竪琴の音色のように天空の音楽を奏でている。古ぼけた紙切れに羅列された数字は、カレンダーや時刻表や、ましてはイタズラ書きではなく、天空の暗号だということをマヤは直観したのだった。

……この紙切れに書かれた文字は、ある特定の数値を導き出す目印の役目を果たしている。数字を左右に動かし、隠された数値を見つけるために置かれた印だ。この紙切れは、天空の暗号にちがいない。古代文字には固有の数値が隠されている。数字は音になる。これは楽譜だ。

「わかったぞ！」そう大声で叫び、興奮のあまり我を忘れてマヤは呆然と立ちすくんでいた。古ぼけた紙切れが、ハラハラと舞い落ち、弧を描きながらゆっくりと着地する。足もとに落ちた紙切れを拾いあげようとすると……紙切れの裏面に、走り書きされた字が、目に飛び込んできた。その字はそうとう乱れていて、慌てて書きなぐったようだった。これを書いた人は、なにか重大な事件に巻き込まれてしまったのではないかと心配してしまうほど、せっぱ詰まった筆跡であり、気のせいか……血のようなもので書かれている。

そこには二つの計算式が書かれ、そして三つ目の式を書こうとした途中で、なにかの理由で書くことを中断されたかのように、無念にも指の痕だけが残されていた。三番目の式はかき消されていたが、どうにか読むことができる式はこうだった。

マヤは式の下に答えを記入して、何事もなかったかのように、紙を裏返した。

＝23

＝0. 00729927007299270072992700

しかし、なにか言葉では説明できない胸騒ぎを覚え、マヤは再び計算式を見ていた。消された三番目の式が、どうしても気になって仕方がない……。

なんの根拠もないが、この連立方程式は、三番目の式を解いて初めて完結する気がした。かき消された三番目の式を知るためには、封印された「禁じ手」を使って、一挙に障壁を飛び越えるしかないのだろうか……？

これ以上、深入りすると、悪夢の続きが待っていて、凶暴な武器を持った人々に追われる予感がしたが……そんなものは単なる被害妄想《もうそう》に違いない。誰が他人の見る夢にまで、干渉するというのか。自分の記憶の深みに降りていって、なにが悪いというのだろう。このまま世間の常識や価値観にしばられていては、重大なものを見失ってしまうのではないだろうか。

智の回廊には「汝《なんじ》自身を知れ」と、ギリシャ語か、ラテン語で刻まれているという。自分自身を知るためには、心の深みへと降りてゆくこの方法……禁じ手と呼ばれている、意識を保ったまま夢へと降りてゆくこと……しかマヤは知らなかった。

身の危険もかえりみず秘密の回路を開き、封印された禁じ手を使うべきか、マヤは悩んでいた。他者に危害を加えたり、誰に迷惑をかけるわけでもなく、自分の責任において、すべてを引き受ける用意はできているつもりであった。

封印された禁じ手とは、過去から未来にわたる全人類の記憶を、一つ残らず書き記しているという「宇宙図書館」へとアクセスすることである。

その図書館へのアクセス方法は、マヤが幼い頃に死にかけたとき、朦朧《もうろう》とした意識のなかで出会った長老から教えてもらったのだが、実を言うと誰にでも簡単にできることだった。

時空を飛び超え、知りたい内容を検索するだけのことであり、誰でもそこへ無自覚のうちに訪れていることがしばしばある。過去の記憶を読むという行為は、隠された本当の自分を知る手がかりともなり、そしてなによりも、鮮明な夢のなかにいるような心地よさがある。

ただひとつだけ困ったことに、そこに一歩でも足を踏み入れると、いくら客観的な思考を保とうと努力しても、マヤは9歳の言語能力しか維持できなくなってしまうのだ。理論的な思考に踏みとどまろうと必死に抵抗したところで、口をついてくる言葉は、なぜか子供のものだった。その様子は、きき腕とは反対の手で、無理やり書いた文字のように、たどたどしく、頭で理解していることを、うまく言語化できないのである。右脳で理解していることを、左脳において言語化できないさまは、異国の地で自分の意見を正確に表現することができず、身振り手振りで伝えようとするときに生じる焦燥感や、思いをよせている人に、本当の気持ちを素直に言えないもどかしさにも似ていた。

たとえば『われ三界に住まう者』という名著を三階に住んでいる人の話だと思ったり、『神聖幾何学』のテキストを新世紀の科学本と勘違いしたり、そこに法則性はまるでなく、意味不明なことが多かった。そのことはマヤにとって非常に屈辱的であり、せめて13歳の言語能力を保つことはできないものかと、常々思っているのだが、その方法はいまだわかっていない。そして……言語能力だけではなく、その思考能力も、言語能力に引きずられるように、低年齢化してしまうのだった。

マヤは迷いをふり払うように、生まれた家の裏手にある神社の階段を全速力で駆けあがってゆく。鳥居をくぐりぬけ、狛犬《こまいぬ》の爪先に触れながら心臓の鼓動を「72」数え、意識を一点に集中させ……二頭の狛犬のあいだを、数字の「8」の字を描きながら慎重に進み、境内のはずれにある小道へと走っていった。

鬱蒼《うっそう》としげる木々をかきわけ、夏草に覆われてほとんど見えなくなっている平らな石のうえに座りこむ。ここなら誰にも邪魔されることなく、宇宙図書館へと降りていかれる。マヤは静かに目をつむり、心臓の鼓動に全神経を傾けた。

夏を惜しむように鳴きつづけるセミの声が、生い茂る木々のあいだから、あたり一面に響き渡っていた。鳥のはばたきが一斉に飛び去ると、吹き抜ける風のあいまから、ひとひらの羽根が舞い落ちてくる。心臓の鼓動と弧を描く羽根の軌道が共鳴しはじめると、羽根は眩《まばゆ》い光を放ち二手にわかれ、深い藍色の羽根と、鮮やかな黄色の羽根が左右に弧を描きながら、だんだんと近づいてくる。青と黄色の光が交差するポイントを慎重に探し、一点に意識を集中させると、自分の内側と外側の世界が一つに溶けあい、ひたいの裏側には青紫の炎をあげる渦巻きがあらわれた。青紫の渦巻きと、その外を囲む白金の雲が別々の方向へ回転して、宇宙図書館へと通じる扉が徐々に開きはじめた。

第3章　秘密の図書館

《図書館ガイド》

なだらかな石畳《いしだたみ》が階段状に築かれ、左右には繊細《せんさい》な彫刻が施された柱が、街路樹《がいろじゅ》のようにそびえている。はるか前方には、乳白色の流線形の建物が忽然と横たわり、まるで砂漠《さばく》の真ん中に現われた巨大な卵のように見えた。階段を33段のぼりつめると、入口の前には二頭の狛犬《こまいぬ》が恐ろしい形相で鎮座《ちんざ》している。その台座には象形《しょうけい》文字や記号が刻まれ、片方の狛犬の足元には「汝自身を知れ」、もう片方には「汝自身で在《あ》れ」という言葉が書かれているという。狛犬の爪先に触れると、図書館の扉が音もなく渦を巻きはじめた。

光の渦に足を踏み入れると、あたりは深い海の底にいるような静寂だけが漂っている。そして体の重さをまったく感じなくなり、時間が流れているという感覚までが失われてゆく。静まり返った無重力空間を通り抜けると、目の前には息をのむような光景がひろがっていた。

まばゆいほどの白い壁。床には磨かれた大理石が敷きつめられ、そのうえをヒンヤリとした冷たい風が、そこはかとなく流れていた。古代ギリシャの神殿を思わせる白い柱が雲をいただき、天空に向いまっすぐに伸びあがっている。

エントランス広場には藍《あお》いラピスラズリでかたどられたアーチが見え、ところどころにキラめく星がちりばめられている。ターコイズ・ブルーの石で彩られた天井は、流れる銀河のように悠久のときを刻んでいた。

エントランスを抜けると長い回廊にそって、さんさんと光を浴びた中庭が広がっている。手入れの行き届いた庭園には、石と水と光でできたオブジェが配置され、目に鮮やかな緑と、こぼれる花々が咲きみだれ、小鳥たちは水際で羽根を休めていた。色とりどりの蝶《ちょう》が風のなかを飛び交うと、どこからともなく甘い香りが漂ってきた。懐《なつ》かしさに根をおろす菩提樹《ぼだいじゅ》の木陰。微かに聞こえる水の音。霧状の光は虹色のヴェールをなびかせ、建物全体をつつみ込んでいる。

中庭を横目に、やわらかな彫刻が施されたアーチをくぐりぬけると、直線に伸びる広い道と、左右にゆるやかにカーブを描く道の3本にわかれていた。分岐点には直径1．3mほどの水晶球があり、表面はパネル式のモニターになっていて、そのうえに手をかざすと、目的の本が自動的にでてくる仕組みなのだ。

なかには音声だけで本を取りだす人もいて、マヤも見よう見まねでチャレンジしてみるもの

〈宇宙図書館〉

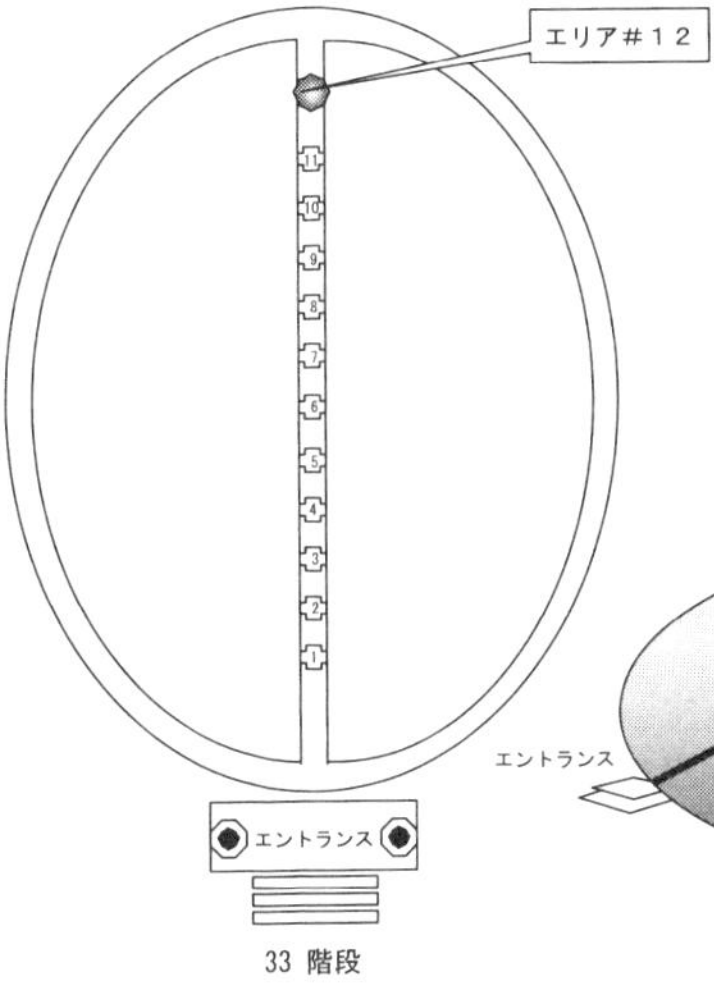

［ 平面図 ］

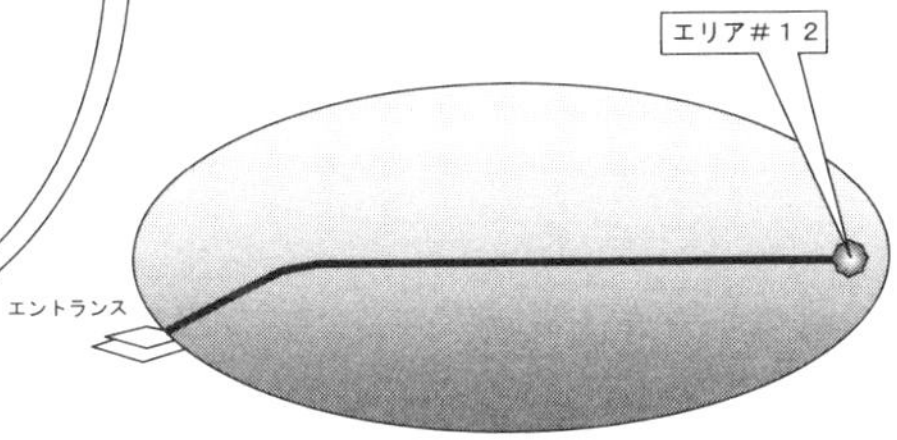

［ 断面図 ］

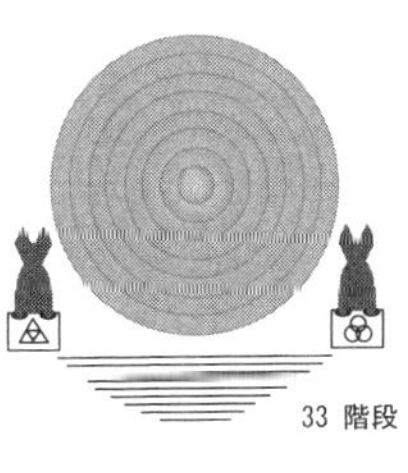

［エントランス（出入口）］

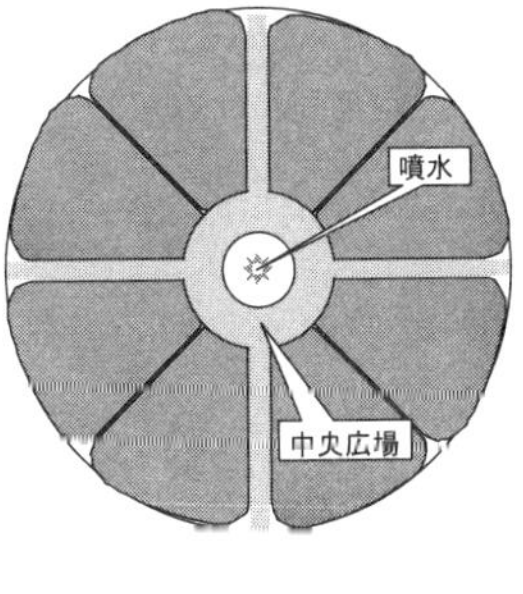

［ エリア詳細図 ］

の、うまく音声をコントロールできず、見当違いの本に埋もれてしまい、成功率は著しく低かった。

目的の本を受け取った後、左右のどちらかのルートを辿り、自分のお気に入りの場所で、本を読むことができるシステムになっている。しかし、どのような本が必要か具体的にわからないとき、もしくは該当する本が複数ある場合には、パネルのうえに館内の地図が表示され、本の所在地とそのルートが点滅するのだ。

館内の地図には、南北に伸びるメインストリートが表示され、メインストリートに沿って合計12のエリアにわかれていた。それぞれのエリアごとに、放射状に小道が伸びている。

目的のエリア番号さえ覚えておけば、そこには再び表示パネルがあるので、細かい位置を再確認できる。図書館の内部は、この法則に従い整然と並んでいるので、初めて訪れた人でも決して迷子になることはないだろう。また、館内の移動方法は3次元の現象にとらわれることがないので、瞬時に目的地まで到着してしまう。

また、わざわざ本を読むのが面倒な人には、水晶球のなかにホログラムを上映することもできる。過去でも未来でも、立体映像として見ることができるので、水晶球に3次元の座表軸を設定し、時間と場所を指定すれば、ほとんどの情報は見ることができるのだ。

マヤは表示パネルに見向きもせずに、視線を一点にそそぎ、まっすぐに歩き続けていた。道はだんだんと傾斜がきつくなり、まもなく「エリア#1」の中央広場に近づいてきた。

円形の中央広場の真ん中には、湧きだす泉があり、丸く磨かれた石が水のうえでクルクルまわりながら微かな音を発していた。たえまなく湧きつづける水は、花の香りをミスト状に放ち、そよ風が竪琴《たてごと》を奏《かな》でると、天空からはオーロラが舞い降りてくる。各エリアの中央広場には、湧きだす泉とセンターストーンがあり、それぞれのエリアごとに、石の色とミストの香り、そしてオーロラの音色が微妙に違っていた。

中央広場から放射状に広がる道があり、各エリアごとに設置されている表示パネルは、レーダー座標にも似ていた。そのうえには四つ葉のクローバーのような形をした、四つのセクションが表示され、それぞれが90度の角度を保っている。そこに手をかざすと、目的の場所と経路が点滅され、本の所在がわかる仕組みになっている。この図書館を上空から見ると、四つ葉のクローバーが全部で12個、直線上に連なっているようにも見える。センターストーンを中心にして、放射状に伸びる道は、脳のシナプスの形状にも似ていた。

この段階で目的の本を受け取り、中央広場のベンチや水際で本を読むことも自由だ。各セクションの先には、ビロードのような肌触りの芝生《しばふ》が敷きつめられた庭園や、たわわに実った桃やリンゴの果樹園が広がっているので、そこまで足を伸ばすこともできる。

ふたたび鳥の視線になって、この卵型の図書館を俯瞰《ふかん》してみると、人間の脳をまうえから見ているように、右半球と左半球にわかれ、真ん中に伸びるメインストリートは脳梁《のうりょう》部分のようにも見えた。この図書館を何度も繰り返し訪れるうちに、左右をつなぐメインストリート（脳梁部分）がより強固なものになり、受けとる情報量も増えてゆくのだった。

もっとも、地球人類の脳に比べると、ずいぶん細長く見えるが、各エリアは４つのセクションからなる円形になっているので、こちらは地球人類の脳の形と、とてもよく似ている。もちろん「宇宙図書館」には、それぞれの脳を経由して訪れるので、建物の形状が脳に似ていてもおかしくはないだろう。ことによると、いまだ脳の領域内にいる証拠なのかもしれない。

「エリア＃１」の左半球（西側）は、遺伝子工学と宇宙科学の本があり、人類創世の経緯や太陽系の歴史などの資料が納められている。そのせいか、この図書館は別名「ＤＮＡ図書館」とも呼ばれている。いっぽう右半球（東側）は、黄金が施された壮麗な芸術作品があふれていた。

マヤの個人的な判断基準によれば、左側にはムズカシイ本が、右側にはキレイなものがあり、暇さえあれば「エリア＃１」の庭園へと足を運び、黄金に輝くオブジェの数々を、いつまでも眺めていた。天空から舞い降りたようなハープの音色が、風にゆられ黄金の糸を紡《つむ》ぎ、その光の糸をつたわり、蜂蜜《はちみつ》色の雫《しずく》が螺旋《らせん》を描きながら降りてくる。黄金の雫は慈《じ》雨《う》のように大地へと降りそそぎ、絶えることのない永遠の循環を繰り返しているように見えた。マヤは飽きもせずに、黄金の雫のゆくえを目で追い続けているのだった。

ゆるやかな坂道が続くのは、エリア＃2あたりまでで、エリア＃3から先は平坦な道になっていた。エリア＃4は、この宇宙図書館のなかでも直観やインスピレーション、そして神秘的な話が多く納められ、青いイルカたちが宙を泳いでいる。イルカは陽気で遊び好きなので、いろいろ質問してみると喜んで案内役を務めてくれる。そして、エリア＃5は左右のセクションで極端な違いがある試練のエリアである。ここでは左右のバランスをとることの大切さを実体験することができるのだ。エリア＃6の中央広場には、サファイアが敷き詰められ、薄紫色の光を放つヴェールが風になびいている。この図書館のなかでもっとも優美な音楽が奏でられていて、希望に満ちあふれた楽観的な本が多かった。日常の生活に疲れはてると、マヤは決まってエリア＃6の音楽を聴きにきて、活力を取り戻すのだった。ここを通り過ぎると風がだんだんと強まり、あたりは不穏な空気につつまれてゆく。そしてエリア＃7に辿り着く途中に、壊れた石の塊《かたまり》が散乱した古戦場のようなものがあった。もともと、ここにも中央広場があったと思われるが、いまはその面影をとどめることなく、廃虚と化していた。横風がビュービューと吹き荒れ、はるかかなたから悲鳴にも似た叫び声が聞こえていた。細かな砂が絶えまなく巻きあげられ、息苦しくて目も開けていられない状態なので、誰もこの場所に近よる者はいない。立ち止まったら最後、どこか遠くへ連れ去られてしまうような予感がした。

脳のモデルに当てはめれば、ここは側頭葉の溝あたりになるのかもしれない。エリア#6とエリア#7のあいだは、この「宇宙図書館」の中間地点と思われるが、なぜその部分が廃虚となっているのかは知るよしもなかった。また、このエリアの地下ゾーンには、伝説の龍が住んでいるという。図書館への参入者が心のバランスを失ったとき、地下から龍があらわれ、その記憶を全部食べてしまうというのだ。龍に記憶を食べられてしまえば、図書館で調べたことを何一つ覚えていることができず、茫然自失のまま目をさますことになる。伝説の龍とは、人間の脳のモデルに当てはめれば、三層の脳のうち第一層目にあるハチュウルイの脳のことを比喩的にあらわしているのかもしれない……。

ここを境にガラリと雰囲気が変わるのは誰の目にも明らかだった。前半は外惑星と呼ばれ、どちらかというと金属的な音がして、無機質で冷たい感じがしていた。後半は内惑星とよばれていて、土器のような音で、有機質で暖かい感じがする。前半は金属質の体に微量な血液を持ったもの、後半は熱い血潮のなかに微量な金属質が含まれている状態とでもいえようか……

そして、エリア#8は地球人類にとって、もっともなじみ深いものであり、ここには夢の調査にも役立つ本が数多くおさめられている。なぜかマヤの読みたい本は、いつも本棚のてっぺんにあり、しかも開いたまま置いてあるのだった。夢をテーマにした、この種の本はあまり人気がないせいか、誰も読みそうにない高い所に追いやられているため、移動式のはしごをスライドさせて、よじ登らなければならない。

　しかも本のうえには透明な石が置いてあり、重くてとても持ちあげることができず、そこから先は、どうやっても読めないようになっていた。触れてはいけない情報にはシールドがかかり、読めない仕組みになっているのだ。


　この図書館のセキュリティ・システムは、驚くほどの徹底ぶりで、たとえば本の背表紙に「9歳未満／取扱い注意」などと書かれ、こまかく年齢指定がされている。マヤがこの領域では9歳の言語能力しか維持できないという事実を知ったのは、この年齢指定の存在であった。マヤは9歳までの本はすべて読むことができたが、「13歳未満／取扱い注意」の本は、なかなか読むことができなかった。そして「36歳～」の本は、ページを開けることさえできず、「72歳～」は、本棚から取り出すことすらできないのだった。

　それだけではなく、題名が象形文字で書かれ、サッパリ読めない本や、目には見えない光の言語で書かれた本すら存在していた。でも、ここで諦めることはない。取扱い注意となっているだけで、厳密にいえば中身を知ることを禁止されているわけではないので、図書館ガイドを呼んで、中身を教えてもらうことが可能であった。

　ちなみにこの図書館では、一人にひとりずつ専属のガイドがついてくれる仕組みになっている。マヤは自分のガイドのことを「ジー」と呼んでいた。（GUIDE《ガイド》のG《ジー》ではなく、おじいさんのジーである。）

マヤのガイドは、威厳のある長老のような存在で、地球人類に比べて非常に背が高く、全身から白い光を発していた。その風貌からすると、かなりの高齢だと思うが、動作が機敏で頭の回転がおそろしく早かった。マヤが質問を言葉にする前に、すでに答えをだしていて、稲妻のような光をマヤの眉間めがけて発し、脳のなかに直接答えを送信することもあった。そして、この長老こそが、マヤが死にそうになったとき夢に現われた人物であり、図書館のアクセス法を教えてくれた人なのだ。

ガイドに読んでもらわなければわからない光の言語で書かれた本のうちでも、マヤが特に気に入っているのは「惑星地球」という膨大な数のシリーズものだった。たとえば古代エジプト篇は52冊もあり、エジプト文明以前にも、名前も聞いたことのないような文明が数多くあった。これらはすべてガイドに読んでもらうのだが、たとえそれが高度な科学技術の分野であったとしても、なぜかどれもこれも比喩《ひゆ》的な表現に終始して、まるで神話や伝説のような語り口であった。それは9歳の言語能力の者にもわかるように、たとえ話の形態をとって、かみ砕いて説明しているからかもしれない。しかし逆説的に考えれば、現在この地球に残っている神話や伝説というものは、高度な文明の残像を比喩的な形にして、未来の人々に伝えようとした可能性もある。それが単なるおとぎ話に聞こえるのは、まだ過去のレベルまで到達していないせいかもしれない……。

不思議なことに、文字は見えないものの、文字のない絵本のように絵や図解はハッキリと見えるのだった。おそらく文字というものの存在すら知らなかった幼い頃には、文字の書いてある絵本を読んでいても、このように絵だけが見えていたに違いない。そう考えれば、目には届かない光の言語の読み方を修得すれば、ガイドの手を借りなくても、自由に閲覧《えつらん》できる日がくるのだろう。でも、どうやったら9歳の言語能力から、13歳の言語能力へと移行できるのか、マヤにはそれがわからなかった。

このエリア#8は、楽譜や絵画の閲覧は誰でも自由にできるので、たとえ文字が読めなくても充分楽しめる領域だった。庭園には枝を広げた巨木が一本そびえ、その下には、もみじのような形をした葉っぱがたくさん落ちている。図書館ガイドを伴った作曲家があらわれ、ガイドが葉っぱを空に解き放ち、作曲家が手をかざすと、そのなかから一枚の葉っぱが、まるで磁石のように手のひらに吸いついてくるのだった。そして作曲家は葉っぱに描かれた音符を目で追いながらメロディーを口ずさみ、意気揚々と帰ってゆく。偉大な作曲家は、一瞬のうちに交響曲のすべてをイメージしてしまうというウワサを聞いたことがあるが、この光景を目撃すればその話も真実味を帯びてくる。

また、花々の咲き乱れる庭園では、花の香りを嗅ぎながら、花から花へと蝶のように遊ぶ詩人の姿を目撃した。気に入った香りの花を見つけると花びらを一枚手にとり、うっとりするような香りを放つ言葉が、踊るような文字で書かれているのを眺めているのだった。残念ながらマヤには詩や作曲の才能はなかったが、これらの光景を目撃することは、言葉では言いあらわせないほど感動的であった。

《エリア#9・魂の閲覧所》

エリア#8を後にすると、次は個人情報が収納されている、エリア#9に到着する。虹色に輝くアーチには「魂の閲覧所」と書かれている。ここではモニターパネルに手をかざすまでもなく、自分の名前を言うだけで、すぐさま目的の本があらわれる。(もしも名前だけでダメな場合は生年月日もつけ加える)

個人の本のページをめくれば、過去から未来にわたる膨大な個人情報が、細部にいたるまで、こと細かく記されている。この図書館のなかで一番アクセス数が多い領域は、おそらくこのエリア#9だろう。

個人の本は新聞紙くらいの大きさで人によって厚さはさまざまである。通常1ページに一つの生涯が書かれていて、手をかざすと必要なページが開かれるのだ。そのなかには写真もあるので、どのような顔かたちか見ることができる。

マヤの知る限りにおいては、自分の個人情報はどのページも閲覧自由であり、シールドはどこにもかかっていなかった。しかし他者の個人情報に関しては、本人の了解がなければアクセスしてはいけないという。また、個人的な本を閲覧するときは、自分の感情を制御して、心を「ゼロポイント」に置く必要があるらしい。つまり、心をゼロに保たなければデータは正確に読めないので、波たつ感情をゼロにできないうちは、他者の本を読んではいけないとガイドは繰り返し忠告している。

介入することなく、実験データを読むように、観察者の視線でスキャンすることが求められているが、心をゼロにすることができなくても、なぜ自分の情報を読むことが許されているのだろうか。もちろんそういうときには、自分の情報も読まないにこしたことはないが、感情を制御しなければ個人の本にどのような変化が起きるのか、実験してみることも勉強のうちだとガイドは言っている。

個人の本は生き物のように変化し続け、読み手の感情までが書き込まれてしまうのだ。特に気をつけなければならないことは、未来を読むときにネガティブな感情を少しでも抱けば、未来をネガティブに変えてしまうことにもなるということだ。

参考までにマヤの本をひもといてみると、今回の一つ前の人生は、人里はなれた山奥にたった独りで暮らしていた。若い頃は山の中腹にある寺院に住んでいたこともあったが、集団生活に嫌気がさし、かなりの高齢にもかかわらず洞窟のなかで仙人のような生活をしていた。その表面だけをとらえれば、孤独な生活だったかもしれないが、心のなかは決して孤独ではなかった。心の領域では仲間たちとコミュニケーションをとり、世界とつながり、そして宇宙との一体感をも感じていたのだ。

その人生の最期には隣国から兵士が攻めてくることを知り、古代の叡智が書かれた奥儀書の守り手であったマヤは、奥儀書を別の場所に隠し、異界へとつながる通路を封印して、自らおとりになったのだった。そして縄で両腕を縛りあげられ、馬の背にゆられながら山をおりてゆく。まわりの人たちのすすり泣きが聞こえるなか、マヤは独りで歌をうたっていた。その歌声に苛立った若い兵士が、年老いたマヤの身体を銃剣でボコボコ殴っていた。しまいには縄で口を固く縛られてしまったが、マヤは自分の波動をこの山に響かせ、この青い空に、この惑星に刻印しようと、喉を震わせながら声もださず低音でハミングを続けていた。

そこは荒涼とした山岳地帯だったが、岩陰から小さな青い花が揺れているのを見て、最後にこうささやいた。「ああ、この星は美しい……。でも、もう二度と戻ってくることはないだろう……」と。そして隣国の政府に引き渡される前に、青味がかった銀色のコードを肉体から切り離し、自ら命を断ったのだった。

マヤは感情をゼロポイントに保ち、淡々と事実だけを読むことにつとめていた。マヤにとっては、山の頂きから見える空の青さも、そのハミングもなじみ深いものだったので、なにも驚くことはなかった。なぜなら、宇宙図書館で個人の本を読む前に、すでにマヤはその前世のことを鮮明に思い出していたからだ。厳密にいえば、魂の記憶が途切れることなく、今回の人生にまで持ち越されていたと言った方が正しいのかもしれない。

個人の本を注意深く読み返してみると、記憶を次回の人生まで持ち越すには、意識を保ったまま死を迎えることが条件のように思えた。ただし、これは自ら命を断つことを意味しているわけではない。通常、自殺というものは、異界へ不法入国するようなものなので、その後の手続きが面倒なのである。いつまでも他者のせいにしたり、逃亡を続けるわけにもいかず、たとえ、再びチャンスが与えられたとしても、自らの生き方を変えない限り、同じパターンが半永久的に繰り返される。自ら命を絶ったとしても、死後にまで意識を保っていられるとは限らず、それには特別な技術が必要となるのだった。

まったく発想を変えて、過去世の情報のなかから、現在の人生に影響を与えていることを、逆引きすることもできる。たとえば、現在のマヤが、なぜ数字や幾何学模様に興味を持っているかという理由を、過去の記録から探すことも可能だった。「数字」「幾何学模様」という項目で検索すると、中世の錬金術師の記憶や、ルネッサンス時代の石工職人の人生が明るみにでるのであった。

また、個人の本をスキャンしてみると、現在の自分にとって参考となる過去の記憶や、今こその役にたつ過去世の情報は点滅していることに気づくだろう。ちなみにマヤの本のなかで、現在点滅しているものを探してみると、「キプロスの船乗り」の人生と、「古代エジプトの書記」の人生が浮かびあがっていた。

「キプロスの船乗り」の人生を開いてみると……、

島影ひとつ見えない大海原。限られた食料に限られた水……。これらの資源を、みんなで分配しなければならない。船のうえでは、荒くれ者たちが絶えず小競り合いをしていた。

「オレの船で喧嘩はやめてくれ。喧嘩なら船の外でやってくれ。今すぐこの船をおりるんだ！」と叫ぶマヤは、船員たちを強引に海にたたき落とすような人物だった。唯一マヤに忠告をしてくれる幼なじみにさえ、ささいな命令に従わなかったという理由で、わずかな食料を残し、無人島に置き去りにしてしまう。

マヤは藍色の服に真っ赤な腰紐を巻きつけていたので、船員たちのなかには、赤い色を見ただけで恐怖に震える者さえいた。しかしそれ以上にマヤはたえずなにかに怯えていた。誰かが自分に剣を突きつけるのではないか、食べ物に毒を盛るのではないかと……。

そんなマヤの唯一の楽しみは、みんなが寝静まった夜更けに、独り甲板に寝転がり、星空を眺めることであった。ときを超えて語りかける星の光は、遠い記憶を呼び醒ましてくれる。

……船乗りのマヤがまだ幼いころ、海の見える小高い丘でヒラリオンと名乗る人物に出会った。ヒラリオンは、他国を追われキプロスに流れ着いた人で、風を読み、星を読み、そして過去と未来を読める賢者だった。少年マヤには、風の読み方や潮の読み方、ときの読み方などを教えてくれた。そして、いつもマヤのかたわらにいた少女には、星の歌を教えてくれた。マヤとその少女は、いくつもの銀河を巡り一緒に地球にやって来たツインソウルだとヒラリオンは言った。小高い丘でヒラリオンの姿を見つけると、マヤと少女は一目散に駆けてゆき「なにかおもしろい話をして！」と、せがんだものである。

そのなかでも、マヤが特に好きだった話は「太陽の国の伝説」だった。

海を超えたはるか東のかなたに太陽の国があり、そこには誇り高き宇宙の民が住んでいるという。太陽の国は常春の地で、あたりには桃の花が咲き乱れ、病気もなく老いもなく誰もが幸せに暮らしている。しかし、太陽の国に至る道は、ほんの一瞬しか開くことがない。そのときを見逃すことなく、ライオンの勇気とライオンの知恵を持つ者だけが太陽の国に辿り着けるという。風を読み、星を読み、ときを読める者のみが、多くの仲間たちを連れて太陽の国にゆくことができると……。

賢者ヒラリオンは、少年マヤに「勇気の紋章」を、そしてマヤのツインソウルである少女には「知恵の紋章」を授けた。この二つの紋章が合わさり、真に統合され、それぞれの呪文の言葉を発したときに、天と地から龍があらわれ太陽の国の扉が開かれるのだといった。

マヤは太陽の国を探すために船乗りになり、そして勇気の紋章を旗にかかげ、航海を続けている。賢者ヒラリオンから授けられた「汝自身で在れ」という呪文の言葉は憶えていたが、もう片方の紋章も、その呪文の言葉も忘れてしまった。ただ、海を見つめて歌う美しい少女の歌声だけは、いつまでもいつまでも耳に残っていた。

そんな少女の歌声に浸りながら静かに目をつむると、今回の人生だけでなく、いくつもの別の生涯が甦《よみがえ》ってくる。どんな暗闇のなかで聞いても、決して忘れることのない声……かつて愛した人の面影《おもかげ》や、いつも転生を共にしてきた仲間たちのことが、うねりをあげながら脳裏に流れてきた。その潮流に身を委《ゆだ》ねていると、ついには、この星に最初に降りたった日のことを鮮明に思い出し、マヤは満天の星を見つめながらこう呟くのだった。

……どれほどの月日が　ぼくらのうえを　かすめたのだろう
……きみは憶えているだろうか？
……手をつなぎ　この星に最初に降りたった日のことを
……希望に輝く　きみの瞳だけが　ぼくの唯一の　ささえとなった
……どれほどの月日が　ぼくらをかえてしまったのだろうか
……きみの瞳を探しながら　ぼくは見知らぬ星で　迷子になった

そして、いつしか時空を飛び超えて、こんな未来を想像するのであった。

……この星は銀河を旅する船のようだ。限られた食料に限られた水。

……オレたちの船で喧嘩はやめてくれ！　でも、もうこの船から誰も降ろしやしない。

……今まで置き去りにしてしまったやつらを一人残らず拾いあげ、新しい地平を目指そう。


エリア＃9にある個人の本には、過去から未来へと連綿と続く人生があった。一つひとつの人生は小さな星のように輝き、どこの誰に生まれかわっても、その根底に流れる本質というものは変わることなく、相似性に満ちていた。それはまるで小さな星をいだきながら、渦を巻く銀河のようにも見えた。手と手を取りあい廻り続ける輪のなかで、たった一か所だけスポットライトが当てられ、そのライトの先には、現在のマヤの人生が照らしだされている。

かつてはマヤも、自分の前世というものに興味を持っていた時期もあったが、今はあまり関心がなくなっていた。しょせん前世などというものは、単なる笑い話であって、その思い出に固執することは愚かなことだった。なぜなら、過去は単なる過去であり、人は過去にも未来にも生きることが出来ないからである。せいぜい波瀾万丈《はらんばんじょう》の過去を思い出すことによって、今現実に起きていることなど平然とやりすごすことができるという自信が生まれることぐらいだろう。

その一方で、あまり個人の本を読み過ぎると、人生というものを達観してしまい、なんでも先のばしにする傾向も否めない。あまりにも客観的になりすぎて、今という瞬間を楽しむことが難しくなり、肉体を持っている悦びを忘れてしまうのだ。この3次元という空間で、自分の肉体を持っているということが、いかに素晴らしいことか、考えたことがあるだろうか……？

個人の本を読むからには、これらの記憶を用いて、今という瞬間になにをするべきか、その真価が問われるところである。過去世を思い出したならば、いかに現在というときを力強く生きるかが大切になる。過去の栄光にすがったり、いつまでも被害者意識にとどまり感傷に浸るのではなく、記憶を一本に束ね今という瞬間をより良く生きることが、宇宙図書館にアクセスする本来の目的なのであろう。

そんななかでも、ただ一つだけ、未来のページを読んでいて、面白いことを発見してしまった。それは図書館ガイドのジーとの関係である。ガイドとは、はるか未来の自分自身の姿だということをマヤは知ったのであった。ジーの本来の姿は天の川銀河に所属する評議会の長老だったのである。自分が将来、天の川銀河の役員待遇《たいぐう》になるとは想像すらできなかったが、未来の自分であるジーが、過去の自分を援助しにきてくれていると思えば、なんともありがたい気がした。

それに、未来の出来事といっても、すべてが決定しているわけではなく、ある時点で未来が変更されることも実際にはあった。マヤがしくじれば、未来の自分の存在すら危うくなってしまう。役員待遇から転落しないためにも、ジーはガイドという役割を買ってでて、親切丁寧にいろいろ教えてくれるのかもしれない。

そればかりか、過去が変わることもある。

もちろん、物理的な出来事が変更されることは少ないが、その出来事に対する感情部分は、後からでもじゅうぶん修正が可能なのである。記憶が好きなように再構築されるというよりは、過去に超えられなかった感情パターンを、現在においてクリアすると、過去にあった同じパターンのものが、いっせいに裏返るのである。現在を変えれば過去も変わらずにはいられない。いうなれば、過去も未来も、すべてが同時進行しているのだ。

そして個人の本を読む限り、個々の出来事よりも、その現象に対して生じた感情の方が重要視されていた。個人の本とは、いわば感情の記録なのであった。

【注釈】夢のなかで過去世および来世を見る方法。

繰り返し夢のなかにあらわれる鮮明な夢は、過去世の記憶と深いつながりがある。それが普通の夢なのか、はたまた前世の記憶なのかを判断する基準とは、一言でいってしまえば「視線の位置」にある。

鳥のように上空から見おろしている夢は要注意で、その視線が回転を始めたら、それは、ほぼ過去世の記憶といって差しつかえないだろう。

たとえば、切りたった崖《がけ》のうえに立ち、眼下にひろがる大海原を見つめている人を想像していただきたい。その人を中心に、カメラが360度グルリと廻るアングルが夢にあらわれた場合は、過去世もしくは未来の記憶である。厳密には右まわりの回転と、左まわりの回転があるのだが、それは過去と未来の時間的な差だけである。

さまざまな星に生まれかわり、肌の色や髪の色や性別もかわれば、それが誰か見わけるのに苦労するのではないかという疑問もあるだろうが、それは心配には及ばない。ときを超えても決して変わることのないものが三つだけある。どこの誰に生まれかわっても、「瞳の奥の色」、「指先から放たれる光」、そして「声の印象」というものは変わらないのである。この三つのことに注意を払えば、現実世界においても、過去世でかかわりがあった人はすぐにわかるはずだ。

そして、夢のなかで過去世を見るコツは、まず夢を見ているということに気づくことである。通常ではできないこと、たとえば天井を突きぬけたり、壁を通り抜けたり、空を飛んでみると、それは夢であると簡単に確かめることができるだろう。次に自分の意志で回転運動を作りだすことである。そうすれば、なんなく時空を超えることができるのだ。

宇宙図書館の扉は「渦を巻いていた」ということを思いだしていただきたい。わざわざ夢を見たり、神社の狛犬にさわり72回数えなくても、心の状態を「ゼロポイント」にさえできれば、そこらの壁にでも空中にでも、渦をイメージするだけで図書館の扉は開くのである。

エリア＃10はダイヤモンドのような藍色の光に満ちあふれている。そしてエメラルドグリーンに輝くエリア＃11を過ぎた頃から、あたりはだんだん静かになり、人の気配はなくなり、遠くに流れる水の音だけが微かに響き渡っていた。いくつものアーチをくぐり抜け、回廊の一番奥へと、ひたすら歩き続けた。図書館の奥へと進むうちに、いやがおうにも五感がとぎ澄まされ、微妙な変化にも敏感になってゆく。

エリア＃12の中央広場には、ひときわ大きなクリスタルがまばゆい光を放ち、そのまわりをとり囲むように12個の水晶球が配置されていた。マヤは大きく息を吸い込み、ゆっくりと息を吐いた。そしてモニターパネルに手をかざすと、はるか上空から円錐形の光がループを描きながら降りてきた。マヤの体は光円錐のなかに、すっかり覆われてしまったが、迷うことなく「13」のボタンを押していた。光円錐はエレベーターになり、微細な回転音を発しながら、はるか上空へと吸い込まれていった。

〈光円錐《ひかりえんすい》〉

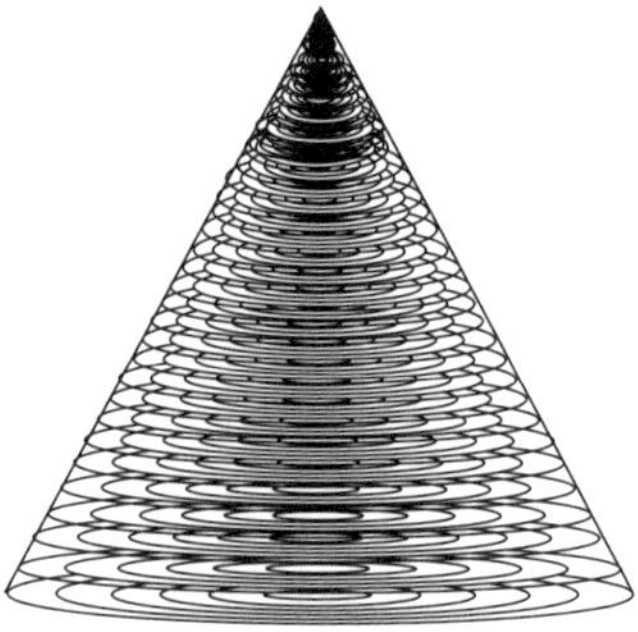

《エリア#13・超時空への旅》

ヒンヤリとした冷たさを感じ、足元を見れば、透明な床に円形の光が描かれ、そのまわりには12個の水晶球が、見覚えのある形に配置されていた。

水晶球の一つひとつは、エリア#1～12にある中央石の色に対応し、それぞれが異なる色彩を発しているにもかかわらず、サークル内部は、すべての色が混じりあい透明になっていた。

そして、各エリアの音色が統合され、ただ静寂だけが漂っている。マヤはサークルから足を踏みだして、まっすぐに歩き始めた。

そしてアーチのうえに、「記憶の閲覧所」と書かれた入り口を見つけた。なかを覗いても人影はなく、窓辺のドレープが風もないのに揺れている。やわらかい光を放つ彫刻を目で追ってゆくと、天井はひときわ高くそびえ、広すぎる部屋のなかには、石のテーブルがまばらに配置されている。テーブルのうえには開いたままの本が置かれ、時折ページをめくる音だけが微かに響いている。注意深く本を観察してみれば、光で描かれた象形文字や幾何学模様が連なり、なかには、まったく文字の書かれていない本も存在していた。

マヤは本が置かれていないテーブルを探し、高すぎるイスに必死でよじ登った。大さく息を吸い、高ぶる波を静めるように、鏡のような水面をイメージし、左手をテーブルのうえに置くと、皮膚から石の冷たい感触が伝わってきた。しばらくすると、石の冷たさと皮膚の感覚が一つになり、どこからが自分の手で、どこからが石なのか区別がつかなくなっていた。そして目を開ければ、手のなかには一冊の本があった。

マヤは分厚い表紙を開き、そのうえに手をかざせば、指の先から放たれた光は螺旋を描きながら、目もとまらぬ速さで勝手にページをめくり続けている。そして止まったページには、見覚えのある象形文字が連なっていた。象形文字を指で辿《たど》り「△」の図形に人差し指で触れた瞬間に、あたりは目もくらむほどの光に覆い尽くされていた。そして耳鳴りの音が高い周波数に変わってゆく。

【注釈】個人の本が薄い人について。

エリア#9を検索してみると、個人の本が極端に薄い人がいることに気づくだろう。個人の本が薄いということは、地球での転生回数が少なく、他の星での転生もしくは他の次元に存在していたことが長く、3次元の世界に来るのは珍しい人なのである。そういう人は今まではごく稀であったが、最近の若い世代（特に90年以降に生まれた人）には急増している。また、このような魂に地球で出会えるなど奇跡のような、まるで遠い未来からきたかと思うほどの人が、一団となって地球に生まれてきているのも事実である。

個人の本が極端に薄い人は、エリア#13にある閲覧所にて、別の図書館（中央図書館や銀河図書館と呼ばれているところ）の情報を引っ張ってこなければ検索ができない。たとえば誰か霊能力者に自分の前世を見てもらうと、日本人であれば日本人の前世ばかり指摘されたり、キリスト教徒であればキリストにゆかりのある前世ばかり指摘されたりすることがある。それはなぜかというと、その霊能力者などの読み手が過去世を読む際に、エリア#9のアクセスコードを使っているか、ただ単に人の感情を読んでいるからである。これからは、旧来のアクセスコードでは対応できない人も増えてくるので、個人の本が薄い人もどうかあきらめずに、エリア#13まで赴き銀河図書館にアクセスすることをお勧めしたい。

第4章　青いピラミッド

《藍《あお》い石》

耳鳴りは徐々に遠ざかり、気がつくと一瞬のうちに、青いピラミッドに到着していた。

呆然《ぼうぜん》とした瞳のまま、壁面に刻まれた「△」の図形にしばらく触れていたが、ふと視線を動かすと、その隣には尖った耳をした動物の姿が描かれていた。

「わあ。かわいいワンちゃんだ！」

マヤは時間が経つのも忘れ、長いこと犬の絵をなでていたが、他にもかわいい動物が隠れているかもしれないと思い、一つひとつ指で辿りながら、延々と歩きつづけていた。青い空を見あげると、そびえ立つオベリスクに刻まれた優美な文字は、天に向かって一直線に駆けのぼり、心をひきつけてやまぬほど強烈な磁気を放っている。

いつか、どこかで見たことのある懐かしい風景が目の前に広がり、以前にもここに来たことがあるような……夢のなかで、この光景を確かに目撃したことがあるような気がしていた。

「……あなたが、再びこの地を訪れることを、ずっと前から待っていました」

背後から立ちのぼる声に気づき、マヤは慌てて振り返る。

切れ切れになった記憶が、うねりをあげながら一本の線でつながり、粉々に砕け散った破片が、目にもとまらぬ速さで動きだせば、かつて夢のなかで見た映像が再現されていた。

どこからともなく、バニラの甘い香りが漂い、そこにはラピスラズリの輝きを放つ、青い動物がたたずんでいた。すらりと伸びたしなやかな首と、ピタリと揃えられた細い前足が、気品のある高貴な印象を漂わせていた。ビロードのようになめらかな体から、まばゆい黄金の光を放ち、その深い瞳は永遠のときを刻み続けているようだった。


「だあれ？」無邪気な声で、マヤは尋ねていた。

「ワタクシは、アヌビス」どこまでも透明な声が、あたり一面に響き渡る。

「アヌビス……？　へんなの。ピラミッドにはスフィンクスでしょ。それにアヌビスは犬の名前だよ」マヤは客観的な思考に踏みとどまろうと必死に抵抗していたが、その思いとは裏腹に、口をついてくる言葉は、どう見ても子供のものだった。


「あなたは二重の過ちを犯しています。第一にスフィンクスが、たった一体しか存在しないと思い込んでいることです。ピラミッドには、まだ発見されていない鏡面の部屋が存在すると同様に、砂のなかに埋もれたままになっている別のスフィンクスもあるのです」

「そうだね。神社の狛犬も双子だし、宇宙図書館の入口にいる狛犬も双子。それに宇宙も魂も双子なんでしょ。だったら、スフィンクスも双子のはずだよね」


「……そして第二は、ワタクシを犬だと思い込んでいることです。ワタクシの姿はなにに見えますか？　素直に答えてください」アヌビスは深い瞳をまっすぐに向けている。

「黒ヒョウ！」マヤは迷わず叫んでいた。

「ワタクシは犬ではなく、ネコ族の一員なのです。ワタクシは秘密を守護するもの。そして異界への入口にたたずみ、その案内役をつとめ、時空を旅するものの守護者でもあるのです」アヌビスは細い鼻先を高く掲げ、黄金の鈴が転がるような、心地よい音色を喉の奥から発していた。

アヌビスの姿は、どことなく神社の狛犬にも似ていたが、盛りあがった爪先は、犬というよりはネコ科の大型動物のようだった。ひょっとすると狛犬のご先祖様は、エジプトを起源とする、ネコ族の一員なのだろうか……？

「ねえねえアヌビス。アヌビスは、狛犬の親戚？

……でも、なんで羽根があるのかな」

その疑問を解き放つように、アヌビスは奇想天外なことを語り始めた。背中の羽根は、他の星からやってきたことの象徴であり、アヌビスはある特別な任務のために、惑星地球にやってきたという。

地底深くに眠っていた遠い記憶を発掘すべく、深淵《しんえん》への旅が、今こうして始まろうとしていた。

アヌビスの説明によれば、かつて地上には「太陽の国」があり、高度な文明を誇っていたにもかかわらず、遠い昔に沈んでしまったという。西の世界に停滞していた太陽が、東の世界に戻るとき、東方から太陽の遣いがやってきて、埋もれた記憶を掘り起こし、再び太陽の国が甦ることになっていると……。

アヌビスは守護者としての任務を遂行《すいこう》し、ひたすらそのときがくるのを待ち続けているが、ごくまれに時空の歪みに落ちて、偶然この地に迷い込むタイムトラベラーがいるので、その侵入を阻止するためにも、秘密の守り手としてここに座っているのだという。

なぜだかわからないが、マヤのなかには太陽の国にいってみたいという、いてもたってもいられない発作的な衝動が頭をもたげていた。いつどこにいても、北を指さずにはいられない磁石のように、理性では抑えられないなにかが、太陽の国という言葉をキーワードに、条件反射を起こしている。それはＤＮＡに刻まれた遠い記憶が目を醒まし、歓喜の雄叫びをあげているかのようだった。

マヤにとって、深い瞑想状態から心を「ゼロポイント」に保ち、記憶の深みへと降りてゆくことや、宇宙図書館の本を開くことは、ごくごく簡単なことだった。しかし、そこで聞いた話が、真実かどうか見わけるには、ある程度の技術が要求されている。なぜなら、この領域では、なんともアヤシゲな方法で、人の心をおびき寄せようとするものが存在していたからだ。魔術的な力を見せつけて、巧妙な手口で人の心を惑わせては、真実に近づくことを阻《はば》むヤカラがいるのだ。そしてなによりも厄介なことは、この領域では偽《いつわ》りの情報が、いわば意図的に混ぜられているので、混沌とした雑多な情報のなかから、正しいものをより分けなければならないということだ。

そして、新しい情報を際限もなく求めることは、心の不調和の原因ともなり、この領域にアクセスすることが困難になってしまう。しかし、マヤは知ることを恐れず、自分の直観を頼りに、あふれる情報のなかから真実をより分けることを心がけていた。恐怖を焚きつけたり、冷笑的なものの言葉は信用しないと心に決めていた。

この世界では、世間の常識や固定観念に縛られていると、一瞬の判断を誤る危険性がある。最終的に頼りになるものは、自分の直観以外になかった。偽りの情報を聞いた際、マヤの体にあらわれるサインは、舌の先がピリピリしたり口のなかが苦くなることで、より真実に近づいたときには、花々や果実の甘い香りが、どこからともなく漂ってくるのだった。本物を見わけるためには、少しでも疑いを抱いたときや、迷いが生じたときはヤメにする勇気を持つことが大切だろう。それらの判断基準は驚くほど簡単なことで、それを見聞きしたとき、良い気分がしたか、悪い気分になったか、ただそれだけのことなのだ。

深い瞑想を通り抜け、半覚醒状態に至らなければ、「宇宙図書館」の本を開くことはできず、宇宙の叡智を得たければ、心の深みへと下降することが求められている。しかし、その反面、それに伴う危険性も、じゅうぶん覚悟しているつもりだった。

思えば今まで随分痛い目にあってきた……。

あまりの悦びに意識を失いかけ、死線をさまようこともあった。このままずっと目が醒めずに、ここにいたいと願うこともあった。恐怖におののき、現実の世界に強引に連れ戻されることもしばしばだった。しかし、どんなに危険をおかしてまでも、この領域を訪れたいわけがあった。ここでは、信頼をおける教師にも巡り逢え、なんといっても一人の人間として扱ってくれることがマヤには嬉しかった。

この領域は、ある意味で宇宙図書館の学校のようなものであり、そして授業の内容も興味のあるものばかりだった。迷路のとき方や、直観のつかみ方、そして図書館への正しいアクセス方法、脳波をθ《シータ》波に保ち記憶のなかに降りてゆく技術、宇宙と繋がる手段……。

しかし、その一方で、この領域で出会う人は、すべて自分自身に他ならないと、心のどこかで承知していた。なぜならエリア#9にある「魂の閲覧所」では、自分以外の誰にも会うことがなく、またエリア#13では、少なくとも現在生きているであろう地球人類には、いまだ一人も出会ったことがなかったからだ。

記憶の深みへと下降する技術は、はるかに続く螺旋《らせん》階段を一段いちだんのぼるように、少しずつしか上達しないのもまた事実だった。高みを目指ざすほど、さらに次なる頂さがそびえていることを知る。ゾッとするような深みに目がくらみ、希望をうち砕かれることもしばしばだった。自分の能力を過信して、むやみやたらに高みを目指せば、その反動で転落する恐れがある。左右に揺れる振り子のように、揺り戻しが生じ、その耐えがたい痛みに引き裂かれることもある。心の「中心」を絶えず意識していなければ、一瞬のうちにどこか遠くへ運び去られてしまうのだった。しかし、その危険性は充分知りつつも、未知なる世界を目指さずにはいられなかった。

一切の責任を引き受ける覚悟がなければ、この領域には近づかない方が無難だろう。深みにはまると、客観性を失う危険性があり、高みの見物を決め込み、うぬぼれに足を取られ、この世界から抜けだすことは容易ではない。強靭《きょうじん》な精神力と、打たれ強さ、そして最終的にはテキトウさが必要とされ、なにごとも度が過ぎると、現実の世界に社会復帰することはますます難しくなり、地球人類との接点は希薄になってしまう。

……などと、自己を正当化したところで、この領域内でのマヤは、不本意ながら9歳の言語能力しか維持できないのだった。


「アヌビス、この字よめる？」マヤは無邪気な声を発し、ポケットのなかから古くさい紙切れを取りだした。

「ええ、もちろん読めますとも。あなたにだって簡単に読めるでしょう。なぜなら、あなたご自身がお書きになったのですから。ですが……、一か所、書き忘れがありますね」アヌビスは細い首を伸ばし、紙切れのなかをのぞいていた。

「……もし、あなたが本当にこの文字を読めないというのなら、あなたは今、この紙に書かれた言葉を、受け取る時期ではないのです。ただそれだけのことですよ。

なぜなら、文字とは、おのおのの霊的レベルに応じて、それぞれの感性によって読むものだからです。宇宙言語とは表面をなでるだけではなく、その裏に隠されている意味を掘りあてなければ理解できません。一つの単語にも何層にも意味が連なっているのです。あなたの言語に置き換えれば、比喩的な表現・たとえ話、同音異義語・同じ音の違う意味の言葉にも注意を払わなければいけないということです」

「えっ、ウソだ。これマヤが書いたの。こんなの知らないよ」

「これは、あなたがお書きになった、人生における『計画書』のようなものですよ。あなた自身の設計図でもあるのです。具体的には、あなたの人生で起きること、その年代表示と、そして惑星地球でなにが起きるかが、こと細かく記載されています」

「計画書って、将来の夢のようなものかな」

……そういえばマヤは小学生の頃、将来の夢を紙に書くようにいわれ、まだろくに文字が書けなかったので、数字や記号を書いて、先生に怒られたことがあった。どんなことを数字と記号で表現していたかといえば、

『将来の夢』　将来の夢は、意識を保ったまま死ぬことです。

意識を保ったまま死ねば、魂の記憶が途切れることなく継続されるからです。一つ前の人生は山の湖のほとりに住んでいました。そのときのことは今でもハッキリと覚えています。山の形も清らかな湖も、岩陰に咲く青い花も……。もう二度と、この惑星に戻ってくるつもりはなかったのですが、ある人物から惑星で催《ひら》かれるパーティーの招待状をもらったので……

まさか！　この古ぼけた紙切れは、自分で書いたものだったのか？　マヤの心はかなり混乱をきたし、思考能力は機能不全に陥っていた。自分で書いた暗号文が読めなくなってしまったとは、理性ではどうしても受け入れることができなかった。

【注釈】人生の計画書（設計図）について。

その人生においてなにをなすべきか、一人ひとりが生まれる前に計画を立ててくる。ハイアーセルフやガイドと呼ばれている高次元の存在たちと話し合いがもたれ、人生の青写真が計画される。

通常では3人から12人くらいの人と一緒に果たす仕事や学びについての契約を結ぶことになるが、計画書にはそれが起きるときと、その内容が記されている。いろいろな人の計画書を閲覧してみると、おもしろい傾向に気づくだろう。霊的に若い人は、細かいところまで計画してくるが、霊的に高齢な人の場合は大雑把な計画しか立ててこないということだ。

また、計画書に記された出来事が正確な時間に作動する仕組みとは、契約を結んだ者同士が、同じときに同じ記号のものを計画書に刻印し、星の光によってその記号が打ち鳴らされ、互いの計画書が共鳴を起こしプログラムが作動する仕組みになっている。


マヤは気を取り直して再びアヌビスに質問をした。

「ところでさあ、なんで昨日の夢は消えたわけ？」

「それではまず、あなたの夢が消えてしまったことについて、ご説明しましょう。ある種の夢は意図的に消去されます。通常、脳のなかに座標軸を設定することにより、再びその地を訪れるための道標とします。しかし、消去された夢とは、時空設定が不適切であり、ときと場所があっていなかったと考えるのが妥当でしょう。あるはずのない場所に、あるはずのないものが存在する場合には、その対処法は三つあります。

第一の方法は、ときがくるのを待ち続けることです。時間軸が重なる地点まで待てば、どんな突飛なことでも、当然のこととして受け入れられるはずです。

第二の方法は、それがあるべき本来の場所へと戻すことです。しかし、その場所を探すことは困難かもしれません。なぜなら、今のあなたの能力では時空の扉を『二つ』しか開けられないからです。渦巻く扉は『三つ』あるのですから。

そして第三の方法は、それを完全に無視することです。見なかったこと、聞かなかったこと、気がつかなかったことにしてしまうのです。この第三の方法は、夢を見ているときに限らず、通常の意識下においても良く使う手でしょう」


「なんだ、昨日の夢は自分で消したのか。でも……、太陽の国にいきたいな」

「あなたにはムリです」アヌビスは淡々と答えた。

「なんで？」

「あなたがそこにゆくには、時間と空間と、それからもう一つ重要なものを超えなければならないからです」

「なにを超えるの？」

「あなたが超えなければならないものとは、すなわち『境界』のことです」アヌビスは鼻先を高くかかげながら、少し気取った声を出した。

「境界を超えるには、まずは心を『ゼロ』に保ち、光の糸を見わけるレッスンから始めなければなりません。時空を旅するには、光の糸を命綱にしなければいけません。

しかし、その前にぜひ思い出していただきたいのです。あなたはなんの目的で、この領域にやってきたのですか？」

……そう、ここには、消された夢の詳細を探しにきたのだった。

「でも、太陽の国のほうがオモシロそうだもん！」

こうして秘密の学校での、アヌビス先生の授業が始まった。

《レッスン1……光の糸》
光の糸とは多次元を行ききするときに、時空を超える際の目印になるという。光の糸を肉体に結びつけておけば、命綱の役目をはたし、無事に帰還することができるのだとか……。
光の糸を見わけるには、目を閉じて心を透明にする必要があり、心がざわついていると、正しい色を見わけることが困難になるらしい。
アヌビスは喉を鳴らし、色とりどりの光を放ち、何度も繰返しレッスンは続けられた。赤から順番に、橙、黄、緑、青、藍、紫、ローズピンク（赤紫）……。色はそれぞれ固有の温度があるようで、赤い色周辺は暖かく、青い色周辺は冷たいなど寒暖の差があった。また、色によって距離感が違い、黄色のように近づいてくる色や、青のように遠くへと逃げ去る色がある。だんだんと慣れてくるうちに、「色」と「音」と「温度」の厳密な区別はなくなり、すべての感覚が一つに統合されてゆく。色の違いとは波長の長さ、空気をゆらす振動の速度で決まるということがわかってきた。

また、色の変化は音階にも似ていた。色と音は同じもので構成されていて、自分の発する声や言葉にも色がついていた。マヤはいろいろな言葉を発しては、手にとって確かめてみた。（もちろん9歳の語彙《ごい》に限られていたが……）

そして、自分が発する言葉には十分注意しなければならないと痛感したのだった。泣きごとや、恨《うら》みごと、人を陥れるような言葉を使うのはもうやめよう。それらの言葉はいつまでも地上にまとわりつき、人々を窒息させてしまうから。それは人間だけでなく、植物や他の生き物、そして惑星地球にさえも悪影響を及ぼしてしまう。暴言を一つ吐いてしまったら、祝福の言葉を発し、色を中和させ、バランスをとらなければならない。言葉とは本来、伝達の道具や、心を縛りつけるためのものではなく、世界への讃歌ではないだろうか。これからは、できるだけ感謝の言葉を発して、世界を虹色でうめつくしたいと、言葉の色を見ているうちに、そう切実に思うのだった。

ようやく色を見分けるコツがわかってきた頃、アヌビスは微笑みを浮かべてこう言った。

「それでは、黒い色を見分けるレッスンを始めましょう。むずかしいと思ったら、むずかしくなります。楽しいと思って臨《のぞ》んでください。

さあ、あなたに一つ質問をしましょう。ワタクシは、なに色に見えますか?」アヌビスはマヤの瞳《ひとみ》を覗《のぞ》き込みながら尋ねた。

「クロ!」

「よく見てください。あなたの瞳のなかには、いろいろな光が射し込んでいます。黒の他にも色彩を探してください」

「クロのほかには……青?」

「そうです。静寂《せいじゃく》をもって、観察してください」

アヌビスは喉《のど》を鳴らし、色とりどりの光を放ち始めた。その姿を注意深く観察してみると、アヌビスの背中にある黄金の羽根とは、まばゆい光が心臓の中心から放射状に放たれ、それがオーロラのようにゆらめいて、あたかも羽根を広げているように見えていたのだった。

「いいですか、黒という色は、すべての色彩を吸収します。黒のなかに何色が含まれているのか、その微妙な変化を見分ける感性が大切なのです。目に映る色だけではなく、その背後にある色、そのものが放つ色を見てください。あなたの皮膚の表面ではなく、あなたのハートから放たれる色が、あなたの心からあふれる彩りであり、あなたの魂の色なのですよ。

たとえば夜空に輝く星は、反射した光ではなく、そのもの自体が放つ色を見ることが大切です。目に映る光に惑わされてはいけません」

アヌビスは細い前足で土を掘り始めたかと思うと、黒い石を口にくわえていた。

「ここに石があります。この石の放つ光を、ご自分の感覚と同調させてみてください。この石は波動調整プログラムであり、周波数を整えるとでも言ったらよいでしょうか。時空を超えて太陽の国へゆくには周波数が鍵になります。この石は波動を調整するための音叉《おんさ》の役目を果たします」

「おんさ……？　おんさは『U』だったよね。でもこの石は、『◇』……。ねえ、アヌビス。この石……どこかで見たことあるけど」マヤは額に黒い菱形《ひしがた》の石を押しあてながら尋ねた。

「そうです。この石はそのへんにゴロゴロ転がっていますよ。あなたがたの博物館で、よく見ることでしょう。ただし、あなたがたは、この石に対して、間違った認識を持っているようですが」アヌビスは意味ありげに微笑んでいた。

「博物館……？　これって……ヤジリかも」

「あなたがたは、太古の昔に高度な文明社会があったことを、どうしても認めたがりません。あなたがたが言う原始人の時代に、どれだけ地球人類が発展をとげていたか、想像もつかないことでしょう。たとえ高度に発展した文明の痕跡《こんせき》を示すものが発見されたとしても、なきもの

〈ヤジリ〉

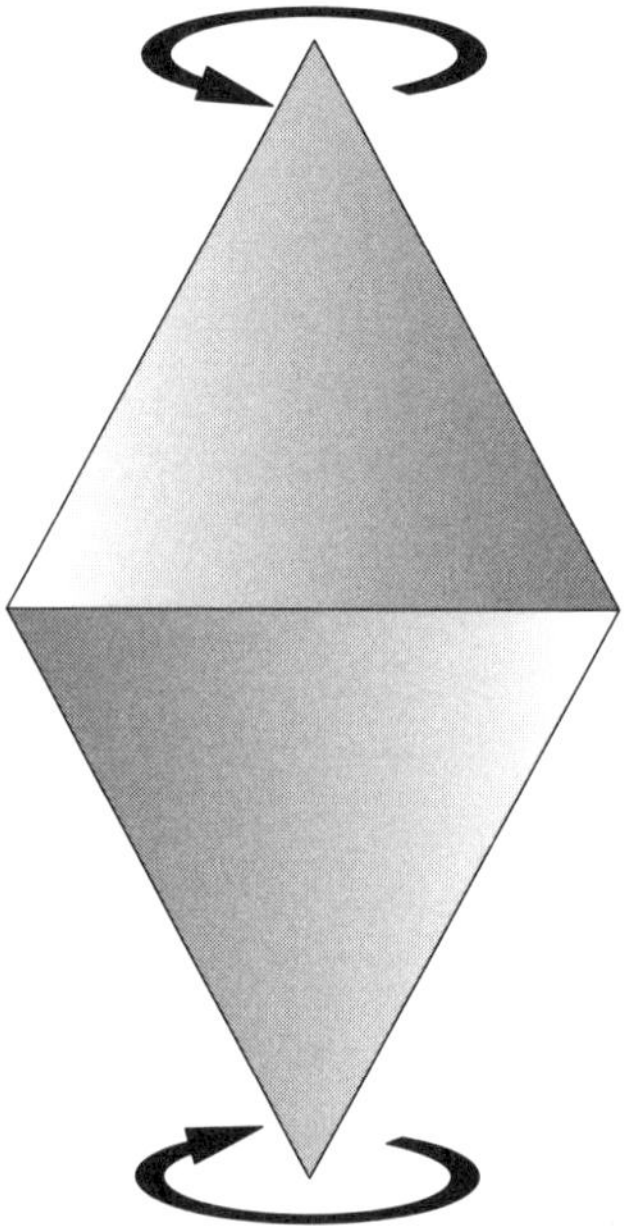

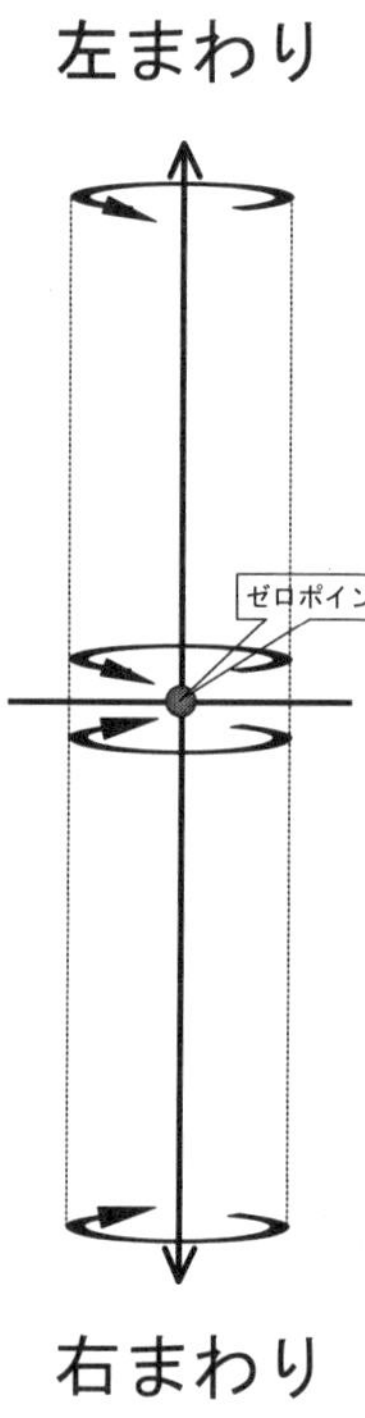

として消去してしまうのがおちです。でもそれは無理もありません。あなたがたはまだ、太古の文明レベルにまで到達していないからです。

たとえば、百年前のヒトが、一枚のレーザーディスクを手にした際に、一体それはなんだと思うでしょうか。身を飾る装飾品、鏡、お金、狩りに使う道具と言うかもしれませんね」

「ヤジリは狩りに使うのでしょ。動物をとったって、教科書に書いてあったと思うけど」マヤは疑いのまなざしを向けて、クンクンと石のにおいを嗅《か》いでいた。

「あなたは教科書に書いてあることを、なんの疑いも持たずに信じてしまうのですか？

そもそも、こんなにもろい石で、狩りができるとお思いですか？

この石には波動調整プログラムの他にも、さまざまな機能が搭載され、受信機であり送信機でもあるのです。感知できない微細なサインを増幅して、ヒトにわかるように翻訳するのです。オクターブを超えるための倍音装置とでも言っておきましょうか……そして記憶の集積器の役割もはたすのです。

ただし、取扱いには注意してください。この石は受信を増幅すると同時に、送信も増幅しますので、ご自分の意志をコントロールできるようになるまでは、送信のボリュームを微弱にしておきましょう。この石をよく見てください。上向きの三角形と下向きの三角形がありますね。片側の目盛りを最小にしてください。この石を左手に持ったなら受信が増幅され、右手に持ったときは送信が増幅されると、便宜的に覚えてください。文字を翻訳したいなら左手に、記憶の集積器として使うには入力は右手です。片手に持つ場合には、必ず両足を地面につけてくださいね。

この石は左右、別方向の渦巻きをつくりだすことによって、磁界を打ち消しあい、ゼロ磁場を作りだします。ゼロを作ることができれば『境界』をすり抜け、距離や時間を超えた向こう側へと、アクセスが可能になるのです。

たとえば、あなたがたは電気製品のスイッチを入れるのに、リモコンを使うことがありますね。この石も、一種の遠隔《えんかく》装置だと思ってください。もっとも、操作範囲は、電気製品とあなたがたの距離との比ではありませんが……」

「どのくらいまで使えるの？」

「この石ですと……地球から、太陽系の惑星内は網羅《もうら》できます」

「タイヨウケイはモーラ？」マヤはヤジリのにおいを嗅いだり、カジってみたり、太陽にかざしたりしては、シゲシゲと眺めていた。

アヌビスは微笑みながら、黄金色に輝く麻糸を8の字に巻きつけ、ヤジリをペンダントのように首から下げられるようにしてくれた。マヤは嬉しくて、胸元にさげた石を、何度も何度も触っていた。

「……石に対する認識が誤りであったことを、あながたは精神レベルが高くなったときに、ようやく気づくことでしょう。

太古の文明の痕跡が、そのへんにゴロゴロと転がっているのに、あなたがたは単なる石ころだと思い、気にもとめないとは哀れな話です。波動石を見れば武器だとか、丸い石を見ればお墓だとか、石柱を見れば日時計だとか……あながたは固定観念に縛られ、物事の本質を見つめようとしないのです。

それだけではありません。過去からのメッセージを解読できないばかりに、それらを破壊し、踏みつけて足場に使っているありさまなのです。いずれあなたがたも、その事実を受け入れるときがくるでしょう。遠い過去において、ご自分自身が築いた意志というものを、今生ご自身の手で壊し、その事実に未来でようやく気づくのです。おわかりですか？」アヌビスはいつになく、真剣な眼差しで語っていた。

「なんか、話がムズカしいね。でも……マヤはどうすればいいのかな？」

「いいですか、今生は過去のご自分を否定し続けるためにあるのではありません。過去に築いた『意志』に気づくのです。おわかりですか？」

……過去の自分とはなんだろう。たしかに「魂の閲覧所」にある個人の本には、過去の記憶が刻まれていた。しかし、それが本当に自分のものであったか、証明する方法はわからない。

世界中を歩きまわって、石ころ一つひとつに尋ねてみるとでもいうのだろうか？

「どうやって探せばいいの？　アヌビス、なんかヒントはない？」

「ありますとも。それこそ、そこらじゅうにゴロゴロ転がっています。

あなたが物心つくかつかない頃から、理由もなく興味を持っていたこと、説明はつかないけれど好きだったものを思い出してください。理屈抜きで好きなものは、過去の記憶を伴います」

「そうだねえ、マヤが小さい頃から好きだったものといえば……三面鏡……プリズム……虹色……図形……立体……サイコロ……数字……。

そういえば、狛犬！　いつも、神社の狛犬さんと遊んでいたよ。前は狛犬さんとお話ができたけど……？」


「石は話ができないと、お思いでしょうが、われわれに言わせれば、ヒトが石の言葉を理解していないのです。あなたがたのうち、いったい何人のヒトが地球という惑星と、会話ができるでしょうか。なぜ会話が難しいかといえば、両者のあいだに時間という『質量』の差があるからです。もう少しわかりやすい表現を用いれば、惑星や石と、地球人類では、時間軸の目盛りが違い過ぎるのです。おわかりですか？」

「わかるよ。図書館でも時間設定がムズカシイから……。

でも、石の言葉がわかれば、歴史は全部わかるのかな」

「もちろんです。地球人類の歴史だけではありません。ＤＮＡに刻まれた記憶、惑星の記憶、太陽の記憶、そして銀河の記憶までも……。ただ、ひとつだけ忠告しておきましょう。あなたが利己的な心を持つ限り、石は心を閉ざしたままでしょう」

……アヌビスが言う通り、たしかに現代の地球人類は利己的であり、人間以外の存在から何かを学ぶという姿勢に欠けている。人間ばかりが偉いと思い込む根拠のない自信は、無知がそうさせているのかもしれない。太古の昔に高度な文明があったことを知れば、もう少し人は謙虚になれるのではないだろうか。現代の科学や価値観というものが、全能でないことを知れば、利己的な態度を改められるかもしれない。惑星地球のなかでの人類の役割、宇宙のなかでの惑星地球の役割を知り、調和を保ち生きていかれるのではないだろうか？

そんな疑問に立ち止まっている猶予はなく、アヌビス先生のレッスンは、次々と新たな展開を見せるのであった。

「これで可視光線のレッスンは終わりましたが、これからが実は重要なのです。あなたがたの目には透明な光としてしか認識できませんが、透明な光にはいくつもの別々の性質を帯びたものがあるのです。色や光を波長の長さなどといって直線上にとらえていては、宇宙の光をつかむことはできませんよ。色は直線上を進むのではなく、赤・橙・黄・緑・青・藍・紫・赤紫そして再び赤という順番に、色彩の輪のうえを螺旋を描き進んでゆくのです。宇宙の光は、透明な赤、透明な橙、透明な黄、透明な緑……というように、色彩の輪と同じパタンーンで進みます。簡単ですね。

そして、あなたがたの文明では、まだ再発見されていない、磁気を帯びた光が、このなかには含まれています。これは宇宙の創世や生命の起源に関わる問題や、あなたが言うところの、閃《ひらめ》きや直観に大いに関係しています」

「太陽の国は高度な文明だったんだね」

「太陽の国の前にも、いくつか高度な文明がありました。しかしそれほど失望することはありません。ときがくればすべてわかることです」

「マヤが生きているうちに、そういうときはくるのかな？」

「生きているうちですか？　あなたがその肉体という乗り物を使用している期間中には無理かもしれませんね。あなたの本質は、その波動レベルから判断すると、あなたがたの時間で、１４､４００年の耐用年数をもっています。しかし外的内的に及ぼされる様々な要因から、あなたがたは耐用年数に満たないうちに、その肉体を手放すことになります」

「イチマン、ヨンセン、ヨンヒャクネン？」

この数字は、いったいどこから出てくるのだろうか。いくらなんでも桁が違うのではないだろうか。なんの根拠もないデタラメな数字に思えたが、あまりにも淡々と言いきられてしまったので、返す言葉も見つからなかった。自分にとって受け入れられないことは、脳の検閲機能が、その情報を消去するというが、あまりにも現実離れしているものは、笑い話として処理してしまおうとマヤは思った。

「それでは、透明な光……宇宙の色……を見分けるレッスンを始めます。あなたが言うところの、赤外線から始めます。これは赤い色をどんどん伸ばしていった色。ちょうどローズピンクを透明にしたものだと認識してください」

赤外線の感触は、コピー機のそばにまとわりつく、モワモワとした空気にも似ていたが、一面に咲き乱れるレンゲ畑から、顔をだしているような甘い春の香りがした。

「つぎは、あなたが言うところの、紫外線です。これは電磁波の一種で、紫色の先にある色。ちょうどラベンダー色を帯びた、透明だと認識してください」

「チョット待ってね。紫外線はお肌に悪いから、クリームを塗らないと……」マヤはポケットのなかを探した。

「それほど神経質にならなくても大丈夫です。長時間照射しなければ、細胞は感性を上げません。

あなたがたの文化では、紫外線の重要性を正当に評価していないようですね。たとえば、酸素やカルシウムというものに、毒性があるからといって、体内に取り入れることをやめないように、紫外線に毒性があるからといって、紫外線を浴びることを極端に避けることには、重大な見落としがあることを知るべきです……。

その詳細は、おいおいわかると思いますが、紫外線に対する免疫力《めんえきりょく》も、必要になるということを理解しておいてください。惑星地球の住人も、外界から保護してくれていた繭《まゆ》のなかから、いずれは宇宙へと旅立つときがくるのですから。

さあ、紫外線を照射しますので、その感覚をよく覚えてください」

紫外線はスミレ畑に吹き抜ける、そよ風のような爽《さわ》やかな香りがした。頬《ほお》をなでる風が全身を優しく包み込み、そして説明のつかないワクワクするような気分に満ちあふれていた。

その後も光のレッスンは続けられた。聞いたことのない名前の光もあったが、基本的には音階を覚えるようなもので、光の音階は色のグラデーションのように美しかった。

「いいですか。よく目を凝らしてご覧なさい。この宇宙は張り巡らされたクモの巣のように、光の糸でつながっています。星も石も植物もそしてヒトも、すべての命は光の糸でつながっているのです。ときの回廊《かいろう》を通り抜け、タイムトラベルをするには、光の糸が必需品となります。光の糸を辿れば、すべての過去とつながり、その糸を進めば、はるか未来へとつながってゆきます。ちょうど、あなたとワタクシが、この光の糸でつながっているように……」アヌビスは黄金の羽根を、颯爽《さっそう》と羽ばたかせながらそう言った。

「どこに糸がついているの？」マヤは体じゅうをくまなく触ってみたが、ヤジリに巻きつけられた麻糸以外には、糸などどこにもついていなかった。

「あなたがたは、生まれる前に、螺旋《らせん》状のより糸で母体とつながっていましたね。DNAと呼ばれているより糸も、螺旋を描いているということを思い出してください」

「DNAも光の糸なの？　だったら誰でもタイムワープできるんだね。それよりも、へその緒は、螺旋なのかな。その螺旋は右まき、左まき？……でも、光の糸が何本もあったら、こんがらがったりしないのかな」

「心配はいりません。なぜならその糸は光でできているからです。あなたは光の特性を知っていますね。光は細胞を突き抜けます」

「でも、電話も混線したりするでしょ？」マヤは執拗《しつよう》に質問を繰り返した。

「もちろん、あなたがたの社会では、いろいろな種類の電波が飛び交っています。それぞれ波長の長さが違うので、いわば異なる次元に存在していると認識してください。同じ空間にも、別々の世界が存在し、何層にも重なりあっているのです」

アヌビスがいうには、この宇宙には人間の目には見えない光の糸が張り巡らされているらしい。「赤い糸でつながっている」という言葉も、あながちウソではないのかもしれない。エメラルドグリーンの糸、ターコイズ・ブルーの糸、銀色の糸、黄金の糸でつながっている人もいるのかと思うと、なんだか無性に嬉しくなってきた。宇宙はすべて光の糸でつながっているというのなら、地球人類は決して孤独な存在ではない。高い空を見あげると、光の繭《まゆ》にいだかれているような、そんな底知れない安心感が全身をつつんでいた。

とはいうものの、光の糸を見分けることは思いのほか難航した。得意な色と苦手な色があり、そのたびにアヌビスは両翼から光線を放ち、感覚の調整をはかれるようにしてくれた。マヤは波動調整石である「ヤジリ」をギュッと握り締め、何度も何度も挑戦し続けていた。

波長の短い光は、多くの情報を持っているので見つけやすいが、波長の長い光は情報が薄く、わかりにくかった。特に細い糸はほとんど見つけることができず、アヌビスは、なかばあきれ顔で「それだけですか？」と、何度も繰り返し聞いていた。さすがのアヌビスも、ついに諦《あきら》めたらしく、なぐさめの言葉をかけた。

「なにも失望することはありませんよ。現在の惑星地球に届く太陽の光は、情報量が極端に少ないので、仕方がないことです。われわれの時代には、太陽は燦然《さんぜん》と輝いていました。もっと力強い光に満ちあふれていたのです。地平線にあらわれる、朝一番の太陽よりも、何百倍も純粋な光を放っていたのです」アヌビスは遠くを見つめていた。

「いいな。キレイだろうね。マヤもそのころに生まれたかったな」

「あなたは、およそ26、000年前にも、13、000年前にも、太陽の国のイベントがあるたびに、この惑星地球を訪れていますよ。お忘れですか？」アヌビスは少し驚いた表情を浮かべていた。

「太陽の国のイベント……？」

「そう。そのイベントは、あなたにとって初めてではないはずです。およそ13、000年ごとに太陽の国へと上昇するイベントがひらかれているのです。ゲートが開くのは一瞬ですよ。そのサインを見逃さないようにしてください。

でも心配しなくても、ときが来ればわかることです。あなたもそのうち、過去の糸口を探せるようになりますとも。星のまたたきや、月のざわめき、そして太陽のまなざしを聞くとき、かなたの記憶は色彩を帯びるのです」

……しかし、本人さえ覚えていない過去のことを、なぜアヌビスが知っているのだろう。宇宙図書館のデータが、なぜか約13、000年前の記録だけが、ゴッソリと抜け落ちていることと関係があるのだろうかとマヤは思っていた。

「ところで、あなたの身体能力のなかで、一番優れているものはなんでしょう？」アヌビスは優雅な仕草で尋ねた。

「直観！」

「直観……？　ああ、それは磁気を感じる能力のことですね」

「えっ、直観って磁石なの？」

「血液中に流れる微量な鉄が、磁気に反応しているのです。あなたがたの文明では、まだ理解されていませんが、鮮明な夢や直観、閃きや第六感などと呼ばれているものは、磁気を帯びた光をつかむことです。現在の惑星地球では、正しい認識がなされていませんが、この宇宙では磁気が重要な役割を果たしています。あなたがたの発する『意識』というものは、電磁場の一種なのですよ。ご存知でしたか？

　あなたがたは、ご自分の意識というものに細心の注意を払い、そして責任を持つべきです。なぜなら、磁気の不調和は惑星地球の運行やその軌道、そして近隣の惑星にまで悪影響を及ぼしているからなのです。

　では、それ以外で、あなたがたが五感と呼んでいる身体機能のなかでは、なにが一番優れていますか？」

「地獄耳！　人に聞こえない音が聞こえる。コウモリやイルカのしゃべり声みたいのがわかるし……そうだ、耳鳴り。ここにも耳鳴りに乗ってきたんだ」マヤは少し得意げに話していた。

「あなたが『耳鳴り』と表現しているものは、おそらくある種の音波のことですね。耳に聞こえる音よりも、通常あながたの耳には届かない音の方が、よりパワフルなのです。それでは、あなたの周波数を……あなたの得意な音域を教えてください」

「周波数ってなに？」

「あなたが言うところの座標軸ですよ。あなたに聞こえて、他の人には聞こえない音にはどういう種類の音があるか、その音域を詳しく教えてください」アヌビスは優しく微笑《ほほえ》んでいた。

「それは……北斗七星の音とか北極星の音かな。エリア#6から聞こえるジュピターの音楽とか……月夜に聞こえるゴルフのスウィングみたいな音。……風のなかの竪琴や鈴の音、電線のなかを通る電気の音かな？　あと、誰かが心のなかにアクセスしてくるとき、水のなかにポチャンと飛びこむ音が聞こえる」

……そう言えば、人と違う音を聞いていることに気がついたのは、音楽鑑賞の時間のことだった。「この曲は盗作だよね。北斗七星の旋律と同じだ」とマヤが言うと、クラスメイトは凍りついたような表情をしていた。そのとき初めて自分以外の人は、星の音や風のなかに転がる鈴の音を聞いていないということを知ったのだった。

それまでは、「あの音はなに？」と、しつこく聞いては周りの人たちに嫌がられていた。彼ら彼女らは嫌がっていたのではなく、風のなかに響く鈴の音や天空の竪琴の音色、遠い星の子守り歌や静寂を奏でるC＃の音色が聞こえなかっただけだったのだ。そのことに気がつき、幼い頃からの心のわだかまりが、急速に消えていったのを憶えている。

「それでは、あなたの能力を生かした方法で、光の糸を探しましょう。最初の1音は、あなたの周波数、あなたの音に固定しますよ。

では、これより光の糸をつかまえるレッスンを再開します。まず、風のなかの竪琴をつかまえてください……。

指のさき一本ずつに、色を割りあててゆきます。右の小指から始めましょう。指先で糸を弾いた音を聞いてください。おわかりですか？

指先の振動音と、鼓膜の振動を同調させると認識してください」

小指で光の糸を爪弾《つまび》くと、耳のなかでブーンと、うなるような音がした。

「その調子です。いいですか指先と耳にだけ神経を集中させ、他の器官は遮断してください。音の階段は全部で22段あります。さあ、ご一緒に、一歩一歩、音の階段を昇ってゆきましょう」

〈音階と色の関係〉

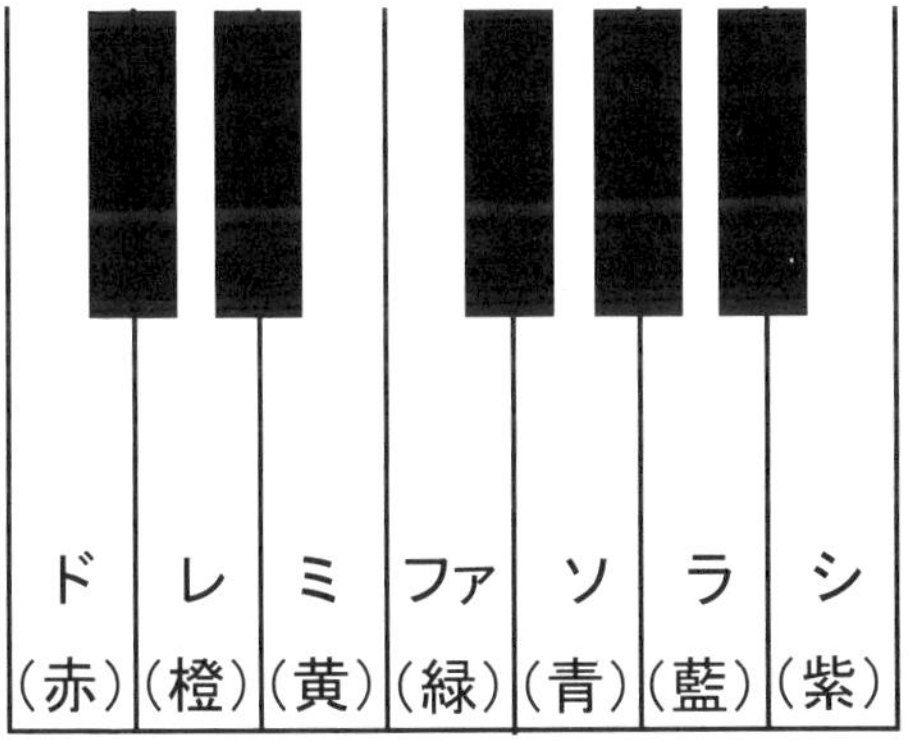

〈22の音階〉

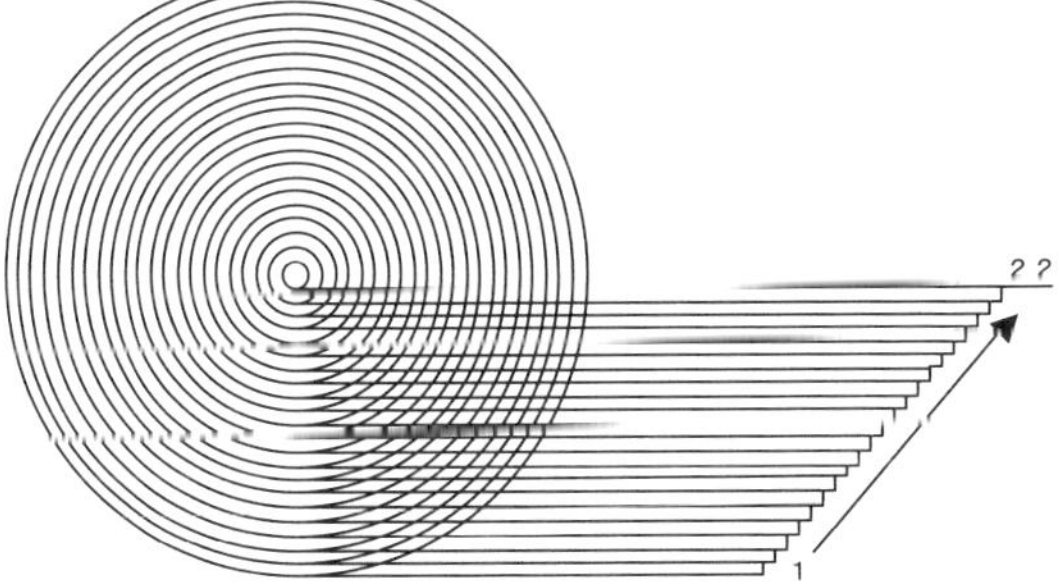

五線譜を辿るように色の階段を昇ると、色彩の違いとは振動の変化、アヌビスが発する羽ばたき音の違いだとわかってきた。それは海から吹きぬける風を背に、空高く凧《たこ》を揚げているときに受ける感覚、張りつめた糸から伝わってくる振動にも似ていた。

引き合う二つの力は調和を生みだし、凧は両翼に風を受け、自由に大空を舞う。目を閉じて風を感じ、指先に全神経を集中させた。光の糸をつかむと、どこからともなく地球の息吹《いぶき》が聞こえてきた。

音の変化とは、光の糸の角度に左右されるようだった。限りなく地面に水平に飛ぶとき、光の糸は強く抵抗し、耳をつんざく音がする。ちょうど45度の角度を保つと、心の奥底が光の糸に呼応しはじめた。いっぽう、限りなく垂直に舞うと、糸がたわみ一瞬フワッと浮きあがり、まるで重力が解除されたかのように感じられ、ワクワクするような心の高鳴りが訪れた。

光の糸をつかむとは、引き合う二つの力を共鳴させ、同調させること。そして、色彩の違いとは、宇宙から吹きぬける風に乗り、舞いあがる角度の違いだと確信した。

「順調です。その調子、その調子」アヌビスは根気よく励まし続けていた。

階段を一段一段昇るうちに、心の奥が羽根のように軽くなり、22段目には、とてつもない開放感がやってきた。引き合う二つの力が、同じレベルに達すると、光の糸の振動と、指先から放たれる光に統合が生じ、心のなかに爽やかな風が吹きぬける。臨界点を超え、ある一定の境界を越えたとき、細胞が一斉に歓声をあげ、耳鳴りのかなたには宇宙の光が一瞬、チラッと見えていた。

マヤは22段の音階を自在に操り、光の糸で紡いだ風のなかの竪琴を奏でていた。

「よく頑張りました。あなたは、光の糸／初級篇をマスターしました。この22の領域内なら自由にアクセスできますので、光の糸を使って、超時空の旅をお楽しみください。

これでワタクシのレッスンは終わりです。では、さようなら」アヌビスの透き通った声が、あたり一面に響き渡っていた。

「待ってよアヌビス！　22の領域ってなに！　22ってなにさ。22より先に、あといくつあるの。超時空ってなんなの。そら耳とか、地獄耳ってなんなの？　それに、どうやったら太陽の国にいけるのさ？」マヤはアヌビスの爪先に必死でしがみつき、放そうとしなかった。アヌビスは少し困った顔をしていたが、仕方がないという表情を浮かべ再び話を続けた。

「……22とは地球人類に定められた限界のことです。

超時空とは限界領域を超えてゆくことです。そして、あなたがいうところの空耳や地獄耳とは、異次元もしくは異界の音を感じる力と認識してください。あなたがたが住んでいる世界の他にも、何層にも世界は重なっているのです」アヌビスはさも当然のように答えた。

「でも、そんなの見たことない。目に見える証拠はないの？」

「そもそも、あなたが今ここにいること。耳鳴りに乗って、ここにやってきたことは、何層にも重なる世界を横切ってきた証拠といえるでしょう。

太陽の国へは、『境界を超えてゆく』と、初めに申しあげました。お忘れですか？」

「どうやって超えるの？」

「……仕方がありませんね。それでは、あなたのご要望にお答えして、おもしろいものをお見せしましょう。ワタクシの足元を超えてピラミッドのなかにゆきましょう」

アヌビスはそう言い残すと、微細な音をたてながら光のかなたへと消えてしまった。マヤはあたりをキョロキョロ見渡していたが、ひとり取り残されてしまったことを知り、泣きそうな声をあげた。

「アヌビース！　アヌビスー、どこにいるの。置いていかないでよ！」

〈鏡面現象〉

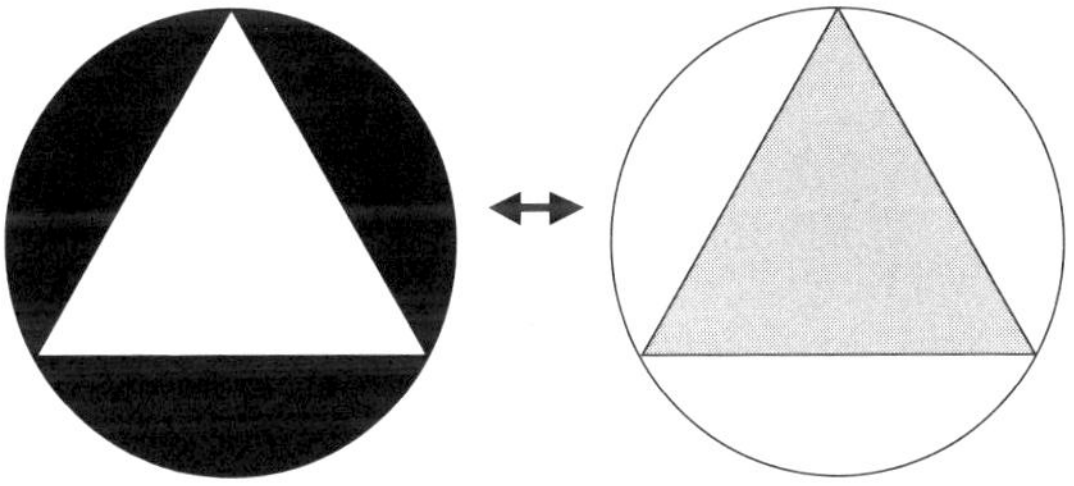

【解説】
内側と外側は、主体と客体（見る側と見られる側）を反転させる。

〈補色による鏡面現象〉

【解説】
補色効果を利用して対角にある主体と客体（見る側と見られる側）を反転させる。

《レッスン2……立体の声》

キラキラと微細な音をたてながら、アヌビスが再び目の前にあらわれた。

「……いいですか、鏡面現象を利用してください。これは色の補色効果を使って、向き合う色同士を反転させ、時空を超えることと同じですよ。さあ、内側と外側の世界を反転させて、ピラミッドのなかに入りましょう」

「そんなのムリ。それにピラミッドは3つもあるじゃない。どこにフォーカスすればいいのさ？」マヤは駄々をこねていた。

「ときに、あなたの直観は、恐るべき精度を発揮しますね。そうです、どこを目指せば良いのかが、実は重要なのです。それでは、あなたの直観に免じて、オーソドックスな方法でいきましょう。

いいですか？　ワタクシの後に着いてきてください。さあ波動石を持って、波動を同調させて……ワタクシの爪先に触れてください」

マヤは波動石を強く握り締め、もう片方の手でアヌビスの爪先に触れながら、ゆっくりと呼吸を同調させていった。しばらくすると、足元の石が音もなく動きだし、暗い洞穴《ほらあな》が忽然《こつぜん》とあらわれた。アヌビスは黒い影のようになって、穴に吸い込まれてゆく。マヤも遅れないように、アヌビスの後を追いかけたが、しょせん四つ足動物のスピードにかなうはずもなく、あっという間に置き去りにされていた。

あたりは真っ暗で、なにも見えなかったが、アヌビスが通り抜けたあとは、黄金の粒子がキラキラと輝いていた。どこからともなく冷たい風が流れ、遠くで微かに水の流れる音が聞こえている。暗闇のなかをおぼつかない足取りで壁つたいに歩いていると、壁面にはなにか模様が刻まれているようだった。注意深く凹凸《おうとつ》に指を這《は》わせると、見覚えのある象形文字が、壁にギッシリと刻まれ、かつて夢のなかで、確かに訪れたことがあるような気がしていた。

ここは「宇宙図書館」の長い回廊にも似ていたが、まわりには本棚ではなく、美しい彫像が刻まれていた。ときが経つのも忘れ、しばらくその彫像に触れていたが、遠くからアヌビスが目をパチッパチッと点滅させているのに気がつき慌《あわ》てて走りだす。

そのうち回廊は狭くなり、長い下り坂になっていたが、息を弾ませながら懸命に走り続けた。あたりは徐々に明るさを増し、アヌビスは黄金に輝く部屋の真ん中で、マヤの到着を今かいまかと首を長くして待っていた。

マヤは少しためらいながら、黄金の部屋に足を踏み入れた。かつてここを訪れたことがあるという感覚は、ますます強くなるいっぽうだった。部屋の内部を見渡してみると、金粉がキラキラと微かな音をたてながら舞い降り、はるか上空を見あげれば、渦を巻く光が回転しながら降りてくる。二人は竜巻に吸い込まれるように光円錐《えんすい》のなかに捕獲され、上へうえへと引きあげられてゆく。

ふと気がつくと、足元には燦然と輝く光のサークルと、その廻りを囲むように12個の水晶球が配置され、不思議なことにその組み方はエリア#13にあるものと、まったく同じなのだった。ドーム型の天井には、さまざまな宝石がちりばめられ、星座をかたどった天空図が、うっすらと浮かびあがっていた。ピラミッドの縮尺は北半球をモデルにしているという話を聞いたことがあったが、ピラミッドの内部が球を半分に割ったような形になっているとは……。

「スゴイねえアヌビス。ここはエリア#13……それとも、宇宙博物館？」マヤは興奮気味に尋ねた。

「宇宙博物館というよりは、メンタル・トレーニングセンターのようなものです」

「トレーニング？　スポーツでもするわけ？」

「あなたがたのスポーツというものは、もともと戦争の代用品として奴隷たちを戦わせた名残なのです。地球人類の争いごとに伴い発生する感情や意識というものは、地球規模の気候にも微妙に影響を与えます。

この領域はスポーツという名の、戦いが行われる場所ではありません。あなたの『バー』や『カー』と呼ばれるものを、均整のとれたプロポーションに保つための、いわばトレーニングセンターのようなものなのです。これらは精妙にできているので、あなたがたの意識や感情はもちろんのこと、ある種の騒音や不協和音によって、驚くほど簡単に歪んでしまうものなのです。あなたがたの言語でいえば、精神や魂、心や意識と呼ばれているものを、本来あるべき姿に戻すまでのことです。もう少しわかりやすく具体例をあげれば、あなたの『名前』もその一部といえるでしょう。なぜなら名前というものは、音声でできているからです」

「名前はマヤだよ。どうして、マヤを直すの？」

「名前を直すというよりは、音を調律するという表現が正しいでしょう。

『マヤ』あなたの名前の波動は、この領域内では、さしずめ、書記係でしょうか」

「書記係……？　自分で書いた暗号文も読めないのに？」マヤはお腹を抱えて大笑いをしていた。「でもさ、エリア＃9の本には、エジプトの書記係が点滅していたよ。あの人に聞けばいいのかな……」

「そうです。あなたが書記係だった頃の記憶を使うには、ただ思い出せばいいだけです。あなたはなぜ過去世の記憶を有効利用しないのですか。あなたはなんのために過去や未来の記憶を検索するのでしょう。今という瞬間に、その記憶を生かすためではないのですか？　過去の記憶と未来の記憶を一本に束ね、現在を生きることができれば、どのような記憶も使えるのです。たとえご自分の過去世を知っていても、それを生かさなければ、なんの意味もありませんよ」

書記係といわれても、この領域には文字など、どこにも描かれていなかった。ここにあるものは、エリア＃13にある光のサークルと同じ石組みと、おぼろに見える天球図、そして空っぽの箱だけだった。

「ねえアヌビス、ここは、プラネタリウムみたいだね。空に星がいっぱいあるよ」

アーチを描くように天空を指差せば、おぼろげに見えていた天体図に灯かりがともり、スカイブルーの空と、ラピス色の天の川、黄金やエメラルド、ルビー、サファイアなどが無数にちりばめられた星空が、ドーム全体にあらわれた。星座のまわりに象られた動物や人物の絵は、普段見慣れないものだった。

「うわあ、スゴイや……。アヌビスの星はどれかな」

「ワタクシの星は……あなたには、おわかりでしょ？」

マヤはしばらく歩きまわり、黒ヒョウの星座を探していた……舌をだした動物や、ライオンと蛇、杖《つえ》を持った人、鍵を持った人……足？

「足だ！　足、足、足！」アヌビスの星を探すのも忘れ、マヤは足型の星座を指差して、大騒ぎをしていた。あまり大はしゃぎをしたせいか、カランカランと音をたてて、鉄の棒切れが、頭のうえから落ちてきた。マヤは恐るおそる鉄の棒切れを拾いあげ、中央サークルのなかにいたアヌビスの所へ持ってゆき、空から鉄が降ってきたと伝えた。

「これですか？　あの星座の形を、あなたが物質化したまでです」アヌビスは細い鼻先を高く掲げて言った。

「物質化？」

「あなたが手に持っているものを、このクリスタル・サークルに、かざしてごらんなさい。おもしろいことが起こりますよ」

鉄の棒を水晶に軽く当ててみると、全身に振動が伝わり、聞き覚えのある音色がドーム全体に広がってゆく。鉄の棒は徐々に姿を消し、ついには微かな金粉だけを残し、どこかへ消え去ってしまった。マヤは自分の手のなかと、足型の星座を交互に見つめていたが、手の平にこびりついた金粉と、聞き覚えのある北斗七星の旋律《せんりつ》だけが微かに残っているだけだった。

「あなたが行なったことは、物質の音声化です」

「物質の音声化？」

「そうです。たとえば、水という物質で考えてみましょう。水を、氷や水蒸気にしたり、逆に氷を、水や水蒸気に変えたり、水蒸気を、水や氷に変えることは、なにも不思議なことではありません。

水の温度をあげれば、水蒸気になりますね。それは粒子の振動数もしくは周波数をあげたからです。水蒸気を集め再び冷やせば、水に戻ります。水の温度をもっと下げれば、氷になります。それは振動数を、さげていったからです。おわかりですか？」

アヌビスはシッポを宙に向かってクルクルまわしながら、三つの塊からなる象形文字のようなものを空中に描いていく。

「……固体・液体・気体？　アヌビスのシッポは魔法みたいだね」

自分が象形文字をすらすらと読んでいることに、マヤはまったく気づかず、アヌビスがシッポをまわして、文字を書いていたことに感心していた。

「いいですか。ここからが重要なので、良く見ていてください」アヌビスはシッポをまわし、「物質・音・光」と描いた。

その他にも、「現在・過去・未来」、「無意識・意識・超意識」、「α《アルファ》波・β《ベータ》波・θ《シータ》波」、「プラス・マイナス・ゼロ」……などなど、三つのブロックからなる文字をいくつも描いていった。その配置は、古ぼけた紙切れに書かれた文字や、神社の石に刻まれている謎の記号と酷似していた。

「……でもさ、アヌビス、もともと水蒸気がなければ水はできないし、材料がなければ物質化できないでしょ？」

「ごもっともな質問ですが、その心配はいりません。実は物質化するための原料が、多すぎるくらいなのです。不要な情報をシャットアウトして、あなたがいうところの真空状態をいかにして保つかが問題なのです」アヌビスは意味ありげに微笑んでいた。

マヤは波動石を握り締めながら、シッポをまわすようにして、アヌビスのように、なにか物質化してみようとした。しかし、空からは砂や石ころや、いろいろな形の鉄の棒がバラバラと落ちてくるだけで、それはとても物質化と呼べそうになかった。

アヌビスの助言によると、物質化はクリスタルサークルのなかで行なわなければいけないということだった。このサークル内は、質量ゼロ、電気抵抗ゼロの状態に保たれているので、正確に物質化ができるらしい。この「質量ゼロ」という言葉は、時間軸の目盛りについて、アヌビスが説明していたことと関連があるようだった。


そして、どこからともなく、黒い子ネコがやってきて、アヌビスのシッポに、じゃれついていた。「かわいい子ネコちゃんだ！」と、いいながら駆けよると、子ネコはみるみるうちに大きくなり、アヌビスとまったく同じ姿になったかと思うと、金粉だけを残し、どこかへ消えてしまった。マヤは何度挑戦しても、砂や石ころぐらいしか物質化できないのに、アメビスは生き物も物質化できるのだ！

「あれ？　ネコちゃん消えちゃったね。さっきのかわいい子ネコはアヌビスだったの？」

「あのような方法で、ワタクシはワタクシを自己再生させるのです」アヌビスは淡々と答えた。

「なんか、アヌビスばかりずるくない？　なんでマヤはこんな変な鉄とか、汚い壺しかでてこないのかな」マヤは土器を蹴《け》飛ばして、ふて腐《くさ》れるように言った。

「スバラシイではありませんか。あなたが物質化したものは、超伝導セラミックスです」

「チョーデンドウ？　これジョーモン土器でしょ。ヤジリといっしょに出てくるやつだよ。

……わかった！　ヤジリにもパワーがあるから、この土器もそうなんでしょ？」
マヤは土器を頭にかぶり、上機嫌になっていた。脳のまわりを真空状態にして電気抵抗をゼロにすれば、不要な情報がシャットアウトされ、頭が良くなるのではないかと……

「いいですか。物質化とは、高密度を造ること。圧縮すること。いわば超プレス状態といえるでしょう。ようするに、物質というものは、凍りついて固体となった音なのです。あなた固有の音声が、あなたという固体を形成しているように、音声を結晶化することができれば、鉱物を造ることができます。しかし植物は、鉱物よりもっと微細な音で、そして動物は、植物よりももっと精妙なのです。そもそも固体というものは、あなたがたが思っているほど固定化されたものではないのですよ。固体とは隙間だらけで、あなたがいうところのスポンジ構造のようなものなのです。

この宇宙は、とてもシンプルな構造でできています。いくつかの結晶パターンがあり、たとえば、今からお出しする五つの材料で、ほとんどすべての物質を創造できるといっても過言ではありません。これらの材料を音によって繋ぎ止めているのです」
「五つ？　ＤＮＡは四つの文字でできているのにね。それとも、ＤＮＡに、もともとあったはずの、もう一つの文字は誰かが隠したのかな……だって、宇宙図書館の13番目の石を隠した人がいるって、ジーは言ってた。だからエリア＃13はヒミツになってるんでしょ？」

そんなマヤの疑問をよそに、アヌビスはシッポを旋回させながら、透明な水晶球をカットして立体を物質化した。

「わあ、いろんなサイコロがある!」

しばらくマヤは、透明な立体を転がして遊んでいたが、思い出したように、立体のすべての面に数字を記入し始めた。立体は全部で5つあり、面に使われている図形は、三角形、四角形、そして五角形の合計3種類。そして一つの立体は、すべて同じ形の面で構成されていた。

・正四面体　正三角形の面　……4枚
・正八面体　正三角形の面　……8枚
・正二十面体　正三角形の面　……20枚
・立方体　正方形の面　……6枚
・正十二面体　正五角形の面　……12枚

「それでは、ここにある五つの立体のなかに入って、どのような印象を受けるか実際に体感してみましょう。においを嗅いでも、触っても、音を聴いても、色を感じてもいいですよ。あなたの持てる感覚をフルに使って、立体を感じてください。あなたがたの肉体は、戦闘に使うの

〈５つの立体〉

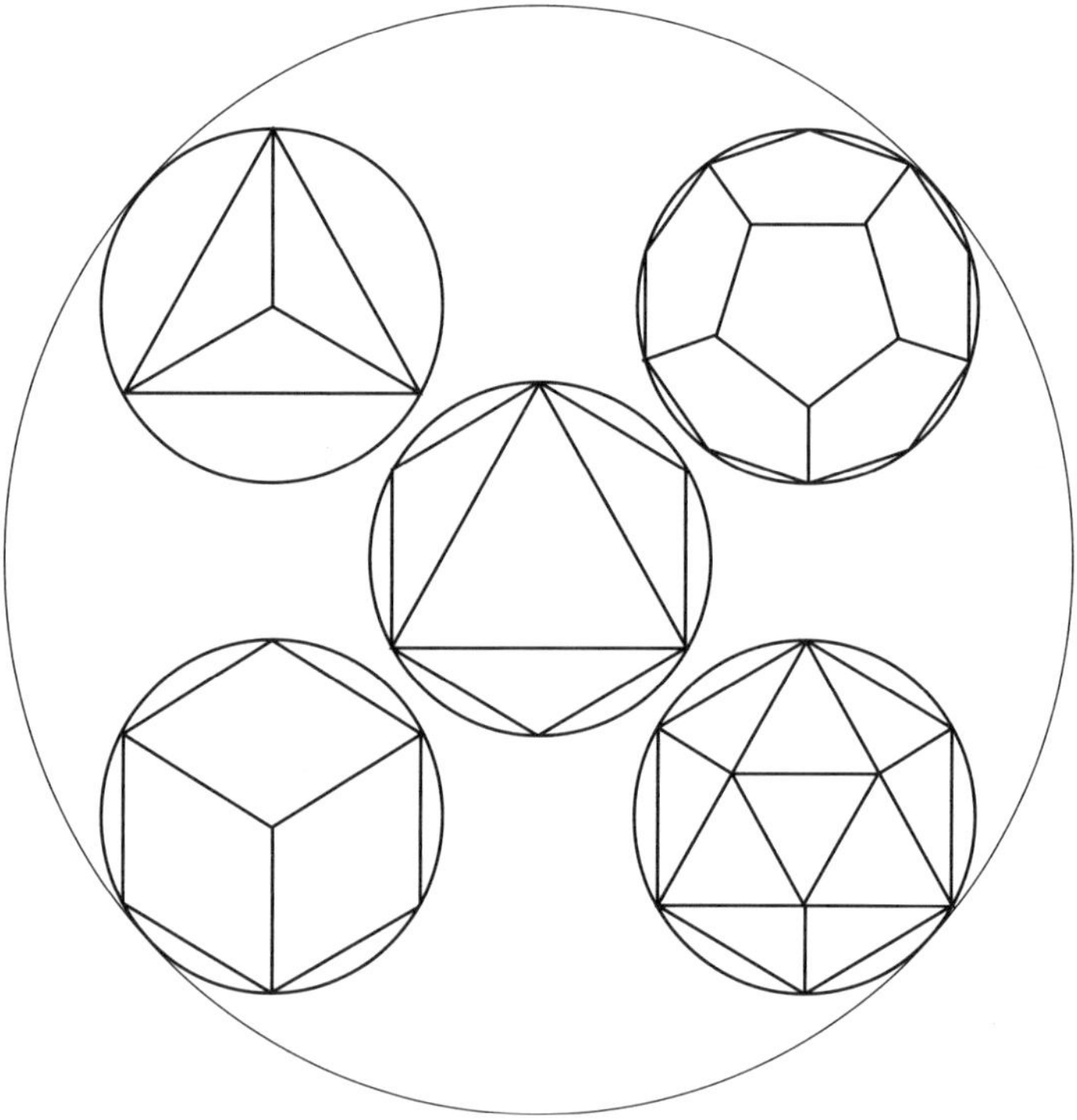

ではなく、宇宙を体感するためにあるのですよ」

内側と外側を反転させる「鏡面現象」を用いて、アヌビスはサッサと透明な立体のなかに入ってしまった。しかしマヤにとっては、アヌビスの爪先に触れないで、自力で世界を反転させることは困難なことだった。波動石を右手に持ったり、左手に持ってスイッチを闇雲に押していると、ピラミッドの内部が、地震のように揺れ始めた。それを見たアヌビスは、呆《あき》れた顔をして立体のなかからでてきた。

「……いいですか。あなたはどうやって、このピラミッドの頂上にやってきたのか、ぜひ思い出していただきたいのです。ピラミッドの頂上を目指すには、まず地下へと降りて行きましたね。頂上の部屋に入るには、いったん地下へと下降することがルールです。

陰が極まれば陽になり、陽が極まれば陰となるという東洋の教えは、内側と外側を反転させる鏡面というものを、うまく言いあらわしています。

では、もう少しわかりやすく説明しましょう。ワタクシが、透明な立体を、どのようにして造ったのか、思い出してくださいね」アヌビスはマヤの瞳の奥を覗き込んでいた。「……そうです、球を削ったのです。これらの立体を見るときには、その背後にあるものを探してください。この場合、背後にあるものとは、削り出す前の球のことです。あなたには、背後にあるものが見えますか？」

マヤが眉間《みけん》にシワをよせながら、しかめツラをしていると、アヌビスは黄金の羽根を羽ばたかせ、透明な立体のうえに黄金の粉を落としてゆく。微細な音をたてながら金のかけらが降りつもり、うっすらと丸い輪郭《りんかく》を描いてゆくと、虹色に輝くシャボン玉のなかに透明な立体が入っているように見えた。

今度はマヤの頭上からキラキラと輝く黄金の粉が降りそそぎ、気がつくと柔らかい光を放つ、黄金の卵に包まれていた。それはちょうど両手を広げたぐらいの大きさで、黄金のヴェールのように頭上から降りそそいでいた。

「……きれい！　金色のタマゴだ……」マヤが指先をくゆらせ黄金のヴェールをなでていると、遠くで微かに小鳥のさえずりと、鈴が転がっているような音が聞こえていた。

「背後にあるものの意味がわかったところで、わかりやすい例をあげてみましょう。たとえば、ワタクシがあなたの記憶にアクセスする場合、あなたの脳のなかに向かったりはしません。あなたの背後にあるもの、その黄金のヴェールに描かれている情報を読みといてゆくのです。ようするに、照準をあわせる場所は、あなたの肉体ではなく、その背後にある黄金の卵なのです。

この透明な立体にアクセスする場合も、その背後にある領域に照準をあわせてください」

アヌビスの説明を聞き終わるやいなや、世界は反転して、一瞬のうちにマヤは透明な立体のなかにいた。

アヌビスがいう「立体の声」というものは、実にパワフルなものだった。その情報量といったら、平面に書かれた文字とはまるで比較にならず、瞬《また》くまに膨大《ぼうだい》な情報量を送受信できるのだった。言語を介すコミュニケーションというよりは、どちらかというと、瞬時に送ることのできるイメージ映像に近かった。それは、宇宙図書館にて、わざわざ文字の書いてある本を読むのではなく、一瞬にしてホログラムを見ることに似ていた。

そして、立体を体感していくうちに、ある重大なことにマヤは気がついてしまったのだった。今までピラミッドというものは、底辺が四角形で、三角形の面に囲まれた四角錐《すい》だとばかり思っていたが、ピラミッドは四角錐《すい》を底辺部分で連結させた、正八面体をしていた。地上に出ているピラミッドを、水鏡に映したように、正面から見れば三角形ではなく菱形をしていたのだった。

〈ひし形ピラミッド〉

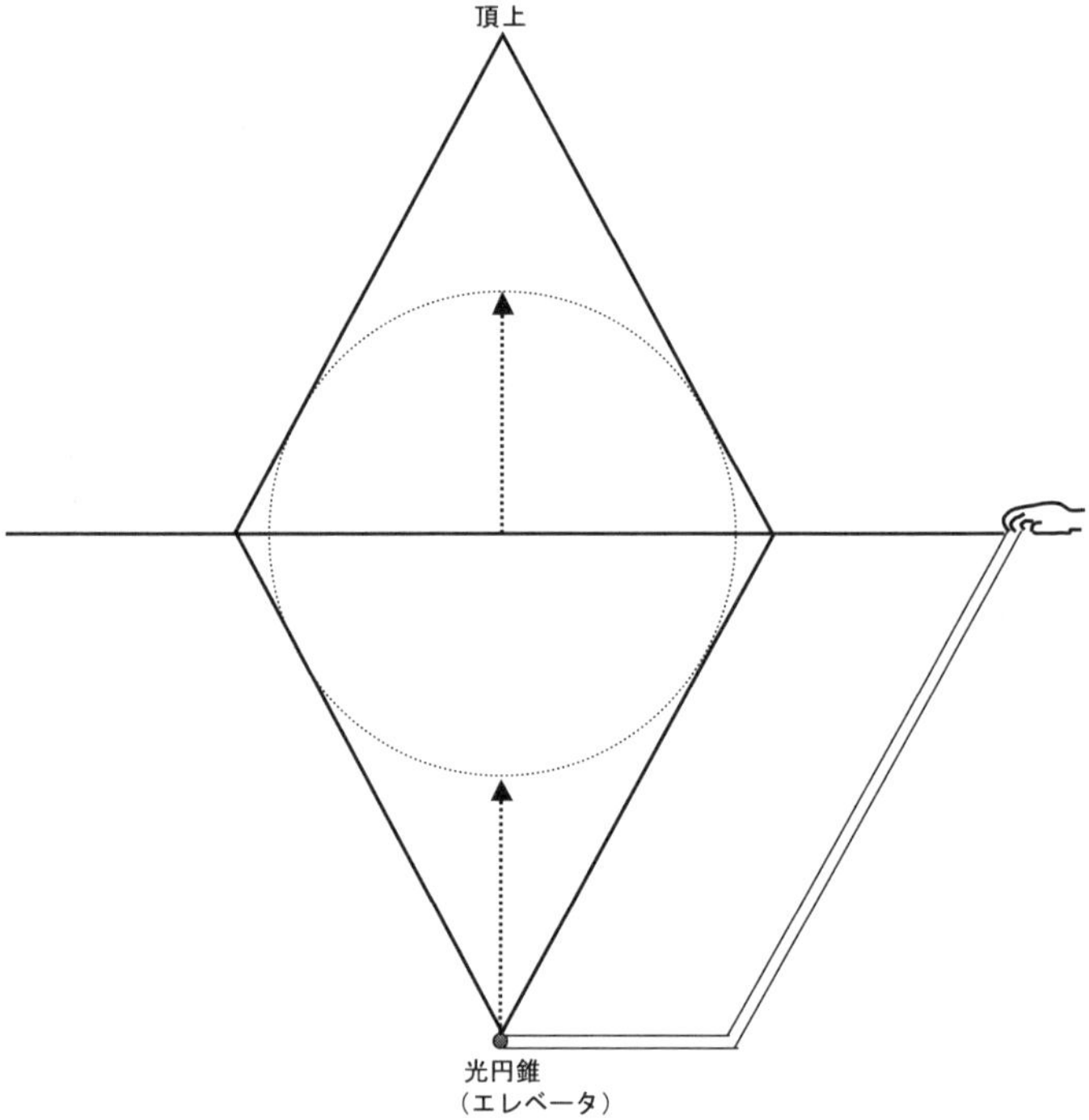

「……これらの五つの立体から、多くの物質は造られているのです。あなたがこれらの立体をマスターすれば、ほとんどのものは物質化できるようになるでしょう。

これらの立体は、あなたの感情と呼応しています。それぞれの感情を正確に記憶してください。あなたは感情によって、それと呼応する現実を引きよせているのです。感情を持っている生命体は、たいていのものは創造することができるのですよ。なぜなら、意識というものがこの宇宙を形成しているからなのです。意識のないところにはなにも創造は生まれません。

しかし、どの形がどんな感情であるか、あえてワタクシはいいません。感情というものを言葉で固定するのではなく、先入観をいだかずに、微妙な変化をあなたの心で感じてみてください。なぜ、あなたがたは、思い通りに物質化できないかというと、ハッキリいわせていただけば、音程が狂っているからです。ただそれだけのことですよ」

マヤは目をつむり、五つの立体を感じていた。それぞれ温度やスピード、そして受け取る印象というものが違っていた。さまざまな感情がうねりをあげ立体のなかを駆けめぐれば、それに呼応するかのように、それぞれの面に思いが反響しながら音や色を生みだしてゆくのだった。

「それでは、あなたの書いた暗号文をひもといてください。さあ『22ゲーム』を始めましょう」

「22ゲーム？　このサイコロを使うんだね！」

しかしアヌビスは、透明な立体をもとの水晶球にととのえ、円形サークルのまわりに戻してしまった。マヤは渋々と古ぼけた紙切れを開き、円のなかに描かれた22個の幾何学模様を見つめていた。

22ゲームとは、マヤが幾何学模様を一つイメージしてアヌビスに送信し、アヌビスがその幾何学模様を当てる。今度はアヌビスが送信したものを、マヤが受信して幾何学模様を当てるというゲームであった。この送受信を繰り返すうちに、狂った音程が修正されるのだという。アヌビスはシッポをクルクルとまわし、円形サークルのなかに内接する三角形を描き、次に正方形、五角形、六角形……と順番に描いていった。

それぞれの図形によって、発する色と音が微妙に違っていた。図形が複雑になるに従って、色と音の差異は微細になっていった。しかし、アヌビスがシッポをまわし、音を立体映像にしてくれたので、音の響きや共鳴を3次元のイメージとしてとらえることができた。平面に描かれた図形よりも、立体の方が簡単に理解できるのであった。

もともと立体であったものを、平面に落とし込むという作業は、母音《ぼいん》を省いて書く言語を読むような難しさがあった。しかし、22個の幾何学模様を、なんとか聞きわけられるようになると、アヌビスがいろいろなメロディーを奏で、さまざまな曲を再生した。すると音が螺旋《らせん》を描き、空高く昇ってゆく。螺旋を描いて昇っていったはずが、最初の音に戻ってくる曲もあり、その音色はフーガやカノンのようなバロック音楽や、ルネッサンス時代の建物のようにも見えた。そして、自己相似性《そうじせい》を繰り返すフラクタル図形になり、その形は古ぼけた紙切れに描かれていた幾何学模様と同じであった。

「光の糸と同様に、これらの幾何学模様や図形は、時空を旅するときに必要なコードとなります。図形は、ある特定の時間領域をあらわす『ゲート』になるのです。特定の図形を組み合わせれば12次元の領域内なら瞬間移動できます。あなたが書いた設計図には、時間のコードが記されていて、タイムトラベラーなら誰もが欲しがるような極秘情報が含まれているのですよ」

「へえ、こんな紙きれが極秘ねえ……」マヤは紙切れに描かれた図形や象形文字を、シゲシゲと見つめていた。「これは、ゲートなのか……だから、エリア#13の本の△をさわって、ここに来たのか。宇宙図書館の入口にいる狛犬の足元にも、図形が書いてある。……神社の狛犬のところに書いた数字の8はゲートだったのかな？」

「数字の8というのは、∞（インフィニティ）のことですね。それは『時間の輪』と呼ばれているものですよ。片方の輪が未来を、そしてもう片方の輪が過去をさし、過去と未来が交差する一点にあなたは立っているのです。過去と未来を統合する現在が、ゼロポイントになるのです。そして、『光の輪』と呼ばれるもう一つの∞（インフィニティ）があります。あなたが宇宙と地球を結ぶ架け橋になり、異なる二つの力を統合したとき、もう一つのゼロポイントが生まれます。『時間の輪』と『光の輪』を等しくすれば、時空を超えることができるのですよ……。単純に見える図形に対しても、あなたがたはもっと注意を払うべきです」

〈インフィニティ：時間の輪〉

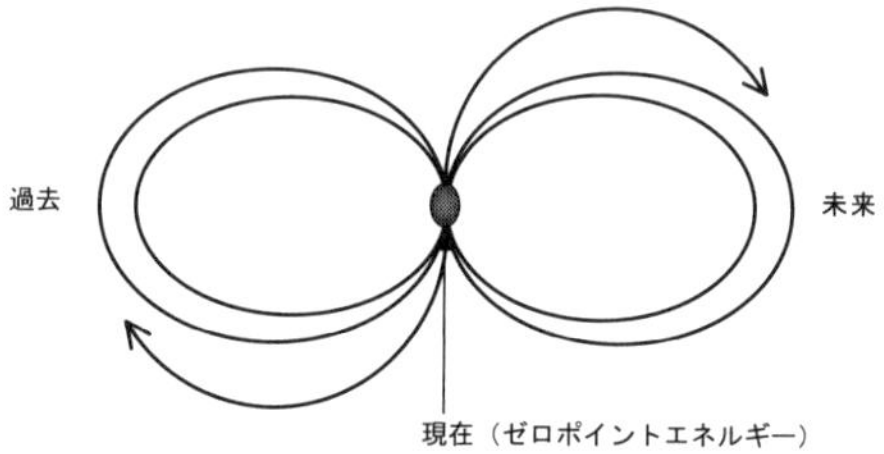

【解説】
時間の輪：過去と未来を統合する現在＝ゼロポイント

〈光の輪〉

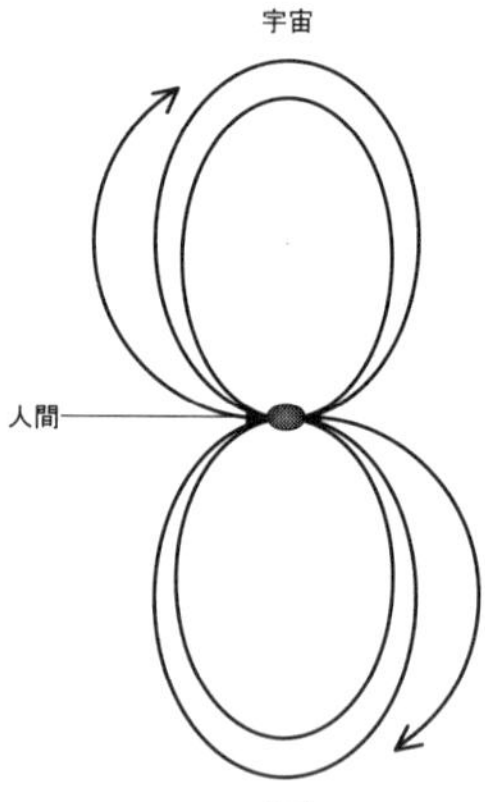

【解説】
光の輪：宇宙と地球を統合するもの＝人間

〈ハイパーゼロポイント〉

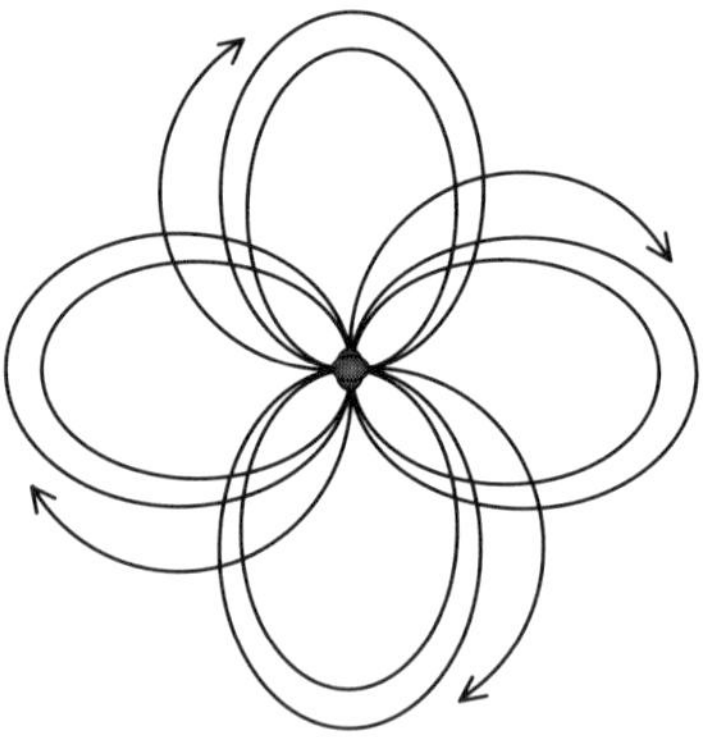

【解説】
超時空（タイムマシーン）の原理

《レッスン3……惑星の音》

「……それでは、最後のレッスンを始めましょう」

最後のレッスンとは、惑星の音を聞きわけることだった。それぞれの惑星には特有の音程があり、異なるシンフォニーを奏でていた。惑星地球の音はエメラルドの光にも似た性質を持ち、静まり返った海の底で聞く心臓の鼓動のような音がする。アヌビスは惑星の音をベースに、イルカやクジラ、ライオンやヒョウ、そして地球上のさまざまな生命体の音を再生した。どの生命体も惑星の音と共鳴しているにもかかわらず、地球人類の多くは不協和音を放っているということを知った。そういうマヤ自身も、惑星の音とは共鳴できず、かなり音程をはずしているようだった。音程をはずしているということは、大地に足をつけ、地球と共に生きていないということであり、それは地球との調和に欠けているという証拠だという。

アヌビスはポイントとなる音を拾いあげ、エリア#1からエリア#12までを、ド・レ・ミ・ファ・ソ・ラ・シの7音プラス、半音5音の合計12音に当てはめた。

音の調律は音叉と呼ばれる鉄の棒と、波動石を共鳴させて行われた。宇宙の音は137の周辺にあり、調律の角度は137度だとアヌビスは言っていた。

【注釈】なぜ音程が狂うのか。
心にもないことを言ったり、言葉と心が完全に一致しないと、言葉に歪みが生じ音程を狂わす原因となる。また、幼い子供の笑い声は純粋だが、大人の笑いがなぜ歪んでいるかといえば、それは笑いたくもないのに愛想笑いをしているうちに、段々と音程が狂ってきたからなのである。

その他には、地球との調和を失った生き方も音程を狂わす原因となり、宇宙の暦や地球の軌道に対応せず、人工的な時間に支配されるほど音程がずれていく。

「ねえ、アヌビス。なんで太陽系モデルなのに、星が12個あるのかな？　それにエリア＃9は月の図書館なのかな……？

たしか、水・金・地・火・木・土・天・海・冥の9個しかないはずだよ。それに月をいれても10個」

「1つの核のまわりに、12個の物質が集合する理由とは、1＋12＝13がこの宇宙の安定数だからです。それは原子レベルから、銀河に至るまで、たいていのものに当てはまります。結論から先に言えば、あなたがたの太陽系には、まだ地球人類が、再発見していない、惑星が複数あるということですよ。太陽系には最低でも12個以上の惑星があるはずです」

「1＋12＝13が、宇宙の安定数なのか……そういえばエリア＃13にも、このピラミッドにも、1＋12＝13の円形サークルがあるよね。

でも、発見されていない惑星は、望遠鏡でも見えないほど遠くにあるのかな？」

「遠いとは限りませんよ。太陽のもっと近くにあるかもしれませんし、ヒントは角度です。たとえばこの太陽系モデルのなかで、水平軌道ではない惑星がありますね。あなたがたが言うところの、海王星と冥王星は順番が入れ替わります。なぜなら冥王星が水平軌道をとっていないからです」

「わかった！　エリア#6とエリア#7のあいだを直角に通る星があるんだね。6と7のあいだは、嵐が通ったあとみたいにボロボロ。それに地下には伝説の龍が住んでいるんだよ」

「その答えは近いうちにわかりますよ。ただし、あなたがたの検閲機能が、消去、冗談、謎かけによって、話をすりかえなければのことですが……」アヌビスはウィンクをした。

紙に描かれた図形を見ながら水晶球に手をのせ音を再生すると、図形がゲートになり、アヌビスとマヤは地球以外の惑星にも瞬時に到着していた。多額の資金を投入してわざわざ宇宙探査にいかなくても、3次元領域にこだわらなければ、音に乗って瞬間移動できるとは、なんて便利な方法なのだろうとマヤは思っていた。どうせなら惑星の音だけではなく太陽の音がわかれば、太陽の国にもいかれそうだが、やはり13番目の水晶は隠されたままだった。

マヤが12種類の惑星の音を聞きわけられるようになると、アヌビスは再び太陽系モデルを透明な球に戻し、円形サークルに配置した。そしてマヤが物質化した、わけのわからない鉄の棒を、次々と水晶にかざせば、聞き覚えのある星の音が再生され、天球図のかなたへと消えていった。

マヤも一緒になって鉄の棒を水晶にかざし、耳を澄ましていた。「Z型」の棒を音声化したときに、遠い記憶のかなたで誰かが呼んでいるような予感がした。そして、アヌビスが発している音と、「ライオンとヘビ」の星は同じ音を奏でていたので、アヌビスの故郷の星は、ライオンとヘビの星座の、どこかにあるに違いない。でも……ライオンとヘビの形をした星座など存在していただろうか。ライオンの形をした星座と、龍の星座ならあったような気がするが……

マヤは天空を見あげながら、「星座早見表を持ってくればよかった」と、つぶやいていた。

「……旅立ちのときです。あなたの旅路が素晴らしいものになりますよう願っています。太陽の国は『境界』を超えて、ここからまっすぐ東にいったところにあります」

別れのときは、前ぶれもなく突然やってきた。アヌビスにはもっと教えてもらいたいことが、たくさんあるような気がしていた。太陽の国のことも、アヌビスの星の話も、そして、からっぽの箱のことも……。

「アヌビス、あそこにある、からっぽの箱は、なに?」

「からっぽの箱ですか? ……ああ、あれはあなたの足元に描かれている円形サークルと同じようなものです。質量ゼロ、電気抵抗ゼロのお話はしましたね。プラスとマイナス同士の、その片割れを引きよせる装置です。あの箱のなかには『ゼロの神秘』が隠されている、とでも言っておきましょう」

「ゼロの神秘？」

「残念ながら、補習授業はこれでおしまいです。この領域内でのあなたのメモリーは、すでに臨界点に達しています。脳の検閲機能の仕組みを思い出してください。これ以上知識をつめこんだとしても、混乱状態を引き起こし、今まで学んだこともすべて消去されてしまうかもしれません。

メモリーオーバーを解消するには、時間軸もしくは空間を移動させることです。飽和状態を解消するには、しばらく休みをとって、またの機会に再びここを訪れるか、他の領域へとジャンプすることです。

しかし、どうしてもあなたが、ゼロの神秘を知りたいというのでしたら、あなたにタイムカプセルを送信しましょう。仕組みはこうです……ワタクシがゼロの回答を、球形のカプセルに入れてあなたに送信します。そしてあなたは太陽の国に到着したときにでも、そのカプセルを開けて、ワタクシからのメッセージを読んでください」

アヌビスはそう言い終わると、マヤの額をめがけて青白い光を発射した。微かに冷たさを感じ目をつむると、額の裏側に藍色の丸い玉が見え、そこには数字や計算式のようなものが浮かんでいる。

「……では、まず、ワタクシの周波数に同調してください。ワタクシの足に触らなくても、もうあなたにはできますよ。光を照射しますので、『両手』で波動石を持って、光のなかに入ってください。いいですか、これから説明することをよく聞いて、確実に、間違いなく実行してください。

まずは、静寂のなかで心をゼロにして、風のなかの竪琴を聞いてみましょう。

光の糸を辿り、透明なスミレ色の光に同調させてください」

……光の糸を辿《たど》れば、ワクワクするような気持ちがあらわれ、遥かかなたから細胞の歓声が聞こえてきた。そうだ……これは紫外線の香り。

「……もう少し周波数をあげた所に、螺旋《らせん》状のトンネルがあらわれます。

そこから『垂直』に昇ってください。必ず垂直にですよ、おわかりですね。

心の領域をゼロに保ってください。どんなことがあっても、決して心を動かさないように。

……お別れのときです。ご自分の力を信じて、螺旋に突入してください」

しばらくすると、渦巻くトンネルがあらわれた。螺旋状の光円錐を垂直にのぼってゆくと

……少し目がまわるが、わけもなく心が躍った。

色とりどりの光が歓声をあげ、螺旋を描き、輪になって踊っている。マヤも踊りの輪に加わり、まわり続けた。遠ざかる意識のなかで、マヤは最後にこうつぶやいていた……

「バイバイ……アヌビス」

第5章　地底世界

《緑の石》

歓声は、だんだん遠くなり、耳の奥で微かに響いていた振動も、光のかなたへと消え去り、再び静寂が戻っていた。

あたりを見渡しても、ここがどこか、まったく見当もつかない。青いピラこッドも、アヌビスの姿も、円形サークルも、どこにも見えなかった。ついに太陽の国に到着したのだろうか？

耳を澄ませば、霧のなかから小さな吐息が聞こえていた。その音に吸いよせられるように歩きだすと、ゆらめく光が靄《もや》の切れまからのぞき、鏡のような水面《みなも》には白い雲が浮かんでいた。近づいてみれば、白い蓮《はす》の花が、ひとひらひとひら細い指先を開くように咲き始め、まるでスローモーションを見るように、ゆっくりと零れるように咲いてゆく。薄汚れた泥のなかから、こんなにも気高い花が咲くとは、まるで奇跡を見ているようだった。蓮は銀色の糸を紡《つむ》ぎ、風にゆらぐ竪琴のように優雅な音を奏でている。マヤはだんだん眠くなり、あたりに漂《ただよ》う香りに身を委ねていると、小さな吐息《といき》が、そこかしこで聞こえていた。

「あっ……、ハスの花がさく音……」

あたりには、白檀《びゃくだん》の涼やかな香りがほのかに漂い、この世のものとは思えないほどの安らかな音色に包まれ、うとうとと眠ってしまいそうになる。

この領域で意識を保てなくなると、エリア#13のアクセスコードが完全に遮断《しゃだん》され、眠りほうけたまま肉体へと引き戻されることになる。θ《シータ》波までに高められた脳波が、深い谷底へと急降下して、意識は容易にはいあがることができない。それは検索の「強制終了」を意味し、正確に座標軸が設定されていれば再訪も可能だが、マヤが座標軸を設定できたかどうかは定かでない。

マヤの首に掛けられていたヤジリが、微《かす》かに点滅を始めている。ヤジリは水鏡に映ったピラミッドのような形になり、そのなかには、水晶球が浮かんでいた。球のなかからチラチラと光が動きだし、黄金のヘビがあらわれた。

ヘビはしばらくマヤの顔をのぞき込んでいたが、雨雲をつれてきて、突然雨を降らせると、赤い舌をチラチラとだしながら去っていった。マヤはバケツの水をかけられたようにビショぬれになり、慌《あわ》てて起きあがり、大きな木の下で雨宿りをしようと駆けだしたが、木陰に辿りついた頃には、雨はスッカリあがっていた。

そのとき、突風と共に目の前の霧が取り払われ、朽ち果てた石の塊が忽然《こつぜん》とあらわれた。そこには熱帯樹にいだかれるように眠る、苔《こけ》むした建物が横たわっている。おそるおそる近づいてみると、山のようにそびえる塔の前には、薄汚れた緑の石像が転がっていた。その姿はアヌビスの顔にも似ていたが、なぜかどこかで見たことがあるような……神社の狛犬の姿にも似ていると思い、マヤは勇気をだして、その爪先に触れ、尋ねてみた。

「ここは太陽の国ですか？」

「……違う。ここはアンコール」緑の石は、ゆっくりと目を開け、重々しい声で答えた。

「アンコール？」マヤは肩を落とし、その場にヘナヘナと座り込んでしまった。

「……オマエは、どこからきた？」緑の石は無表情のまま尋ねた。

「青いピラミッドから……」

「おお、アヌビスの所からか。一回の飛行でここまで飛べたとは、オマエもたいした腕だ。だが、残念ながら飛行コースを大きくはずれている」

「飛行コース？　空を飛んだの？」マヤは瞳を輝かせ立ちあがった。

「まあ正確に表現すれば、光の糸を伝わって、時空を超えてきたのだ」緑の石は表情を変えず、さも当然のように答えていた。

「あなたはだれ？　太陽の国は、どうやっていくの？」


「……ワガハイは要石《かなめいし》。かつてシンハと呼ばれていた。

オマエは光の糸を垂直にのぼらなかった。それは、途中でなんらかの事象に誘引《ゆういん》され、心の中心を動かしてしまったからだ。よって、軌道がはずれ、アンコールに漂着した。しかし、安心するがよい。ここも太陽の国の中継地点である。ようするに、地球儀のなかに基本となる5つの立体を入れ、その頂点が指し示すエネルギースポットの、ひとつなのだ」シンハは地球の縮尺モデルを物質化して、淡々と話を続けた。

「光の糸『ルート◎30』は、青いピラミッドと太陽の国を結ぶメインルートだ。それ以外にも、縦横無尽に光の糸は張り巡らされている。

オマエは現在地上において、光の糸の中継地点を、いくつも目撃しているはずだ。ただし、薄汚れた石ころだと思っているようだが」

「ひょっとして太陽の国は北緯30度にあるのかな」

「物事は平面的に考えてばかりいてはダメなのだ。もっと立体的にいかなければならない。

惑星地球は、クモの巣のように規則正しく走る光の糸につつまれている。この宇宙は光の糸が織りなす、壮大なシンフォニーだ。縦糸と横糸が織りなす、荘厳なハーモニーなのだ。われわれは縦糸と横糸が紡ぐ、流線形の揺りかごのなかにいる。そして、惑星は光の糸の軌道上を滑るようにして、悠久の銀河を航行している。いわば光の糸に弓を滑らせ、天空の音楽を奏でているのだ」

「なんてこと！　今の文明では地図も書きかえなきゃいけない」マヤは驚きの表情を隠せなかった。

「そういうことだ。オマエたちの地図は、目に見える陸地ばかりに興味がそそがれ、太陽の運行や月の引力、星の交差する地点を反映させてはいない。陸地とは水たまりから浮かびあがった泡のようなもの。いずれは消え去ってしまうのだ。そして、惑星レベルで考えてみれば、磁極さえも入れ替わるものだ。

地図は、われわれがどこからきて、どこへいくのか、過去から未来まで、すべてをあらわすものでなければ意味がない。われわれの銀河は、どこを目指しているのか、惑星の軌道、惑星の交差する地点の表示が重要なのだ。時間と空間は切り離して考えることなどできないのだ。わかったか！

地図において最も重要なものは、光の糸が走る軌道の表示だ。光の糸にとっては、太陽の角度や惑星の運行、そして宇宙の周期というものが重要になる。ようするに、地図には宇宙の暦を反映させなければ、意味がないということだ」

「宇宙の暦？　どこかで聞いたことがあるような気がするけれど……南北が入れかわるなら、東西も入れかわるの？」マヤは宇宙の暦からはずれ、訳のわからないことを質問し始めた。

「オマエの質問は、自分のシッポを追いまわす、幼い獅子のようだ。

幼い獅子よ、宇宙の秘密を教えてやろう。厳密にいえば、回転を続ける球体に、直線など、どこにも引くことができないのだ。

惑星地球は太陽のまわりを廻っている。そして、その太陽ですら、惑星たちを引き連れて、もっと中心にある太陽のまわりを廻っているのだ。オマエたちの惑星は、螺旋《らせん》を描きながら光の海を航行しているというのに、いったいどこに直線など引けるのだろうか。そんな惑星地球のうえでは、右も左も、東も西もないだろうに……。

結論から先に言えば、左右、東西、南北すべてバランスが大切だということだ。まあ、東西のバランスを保たない限り、磁極の移動は避けられないということだ。惑星地球の不調和は、太陽系だけではなく、銀河のかなたまで、悪影響を及ぼすものなのだ。

オマエは充分認識しているだろうか。人間の心は磁気を発する発信機だということを。ヒトのうわついた想念が不協和音を発し、太陽系の調和を乱し、銀河のかなたまで影響を及ぼしているのだ。

オマエたちは惑星地球の細胞の一つだ。オマエの思考など細胞に供給される栄養のようなものだ。腐った栄養を与え続けていたならば、いずれ惑星は死ぬ運命にある。もっとましなものを供給して、惑星の進化に貢献することだな……」これ以上先は聞くに耐えない言葉が並べられていた。


「幼い獅子よ、よく聞いておくれ。太陽の国は、もう地上にはないのだよ。

しかしながら、なぜ太陽の国にいきたいのかワガハイに聞かせてもらえないだろうか？」

「そう、ことの始まりは、この古ぼけた紙きれだった……」

マヤはポケットのなかから紙切れを取りだしてシンハに見せ、この古ぼけた紙切れに書かれた文字を読もうしたが、なにが書いてあるか解読不能だったことなどを説明した。第三の式がどうしても知りたくて、消された夢の詳細を探すために、エリア#13にある「記憶の閲覧所」にアクセスしたこと。そこで「△」の図形に触れた瞬間に、青いピラミッドに到着して、アヌビスから太陽の国の話を聞いていううちに、どうしても太陽の国にいかなければならないと思ったことなどを話し始めた。

「オマエの旅の目的は、消された夢の調査であって、太陽の国にいくことではない。

エリア#13の掟は知っているはずだ。一回の検索につき、一項目と決まっているではないか。検索内容を途中で変えることに関しては、ワガハイは賛成できない。熟練者であれば、次々と時空を渡り歩いてもよいが、座標軸の解読があいまいな未熟なタイムトラベラーは、一回ごとに肉体領域へと戻るべきだ。自分の中心軸というものを強く意識できなければ……すなわち、心をゼロポイントに保てなければ……時空間で迷子になってしまうかもしれない。これは安全のための忠告だ。

そして、目標の定まらない質問は、時間のムダであり、ときとしてあらぬ方向へと暴走し、信憑性《しんぴょうせい》を欠く恐れがある。質問には必ず『垂直』に突入しなければ、真実を見失ってしまうのだ。

この領域には、ヒトを思いのままに操ろうとするヤカラがいる。操り人形になりたくなければ、意識を保ったまま、この領域に踏みとどまらなければならない。そして、意識を失ってしまえば、エリア#13で獲得した知識を、いっさい持ち帰ることができないのだ。ゼロ領域にとどまることなく自分を見失うと、記憶のすべてを龍に食われてしまうという言い伝えは知っているだろう。ゼロの結界のなかにとどまれば、誰もオマエに手だしはできない。

……とはいうものの、オマエがこの地を訪れた時点で、すでに検索内容の変更が行なわれているのだから仕方あるまい。

幼い獅子よ、古代文字の秘密を開示しよう。これらの文字は、異なる時空へのゲートとなる。

文字とはヒトが支配するものではなく、文字に宿る天空の旋律を、地上に再現するものなのだ」

シンハは高らかに言い放った。

「なにそれ。ぜんぜん意味がわからないよ。人より先に文字があったの。それとも文字の起源はもっと古いものなのかな」


「幼い獅子よ、たとえばこのアンコールにしても、オマエが思っているより、はるか昔のものなのだ。いま残っている建造物は、われわれの文明の残骸を土台にしているにすぎない。文字というものの年代測定も、どれほど信憑性があるものか疑問である。

だがしかし、アンコールの地下に、人類の歴史を塗り変えるような、貴重な財宝が眠っていると知ったとしても、利害関係にとらわれているうちは、宝物に触れることはできないであろう。ここからが自分の領分だという、ナワバリ意識に縛られているうちは、客観的な思考には到達できず、宝を発見することなど困難な話だ」

「アンコールの下に宝物があるの？」マヤは瞳を爛々《らんらん》と輝かせ、なぜか宝物という言葉に、過剰反応を示していた。

「たとえば、このアンコールのように波動の高い場所には、いろいろなものが、ときを超え集まってくるものだ。ただし偶然この地に引き寄せられただけで、この波動を有効利用する方法を知っているとは思えない。オマエはエネルギー補給のために、ある特定の場所に集まってくる、病気のサルやイノシシと同じようなものだ」シンハは高らかに笑っていた。

「その話はオモシロすぎない？　神社の境内に、やたら動物が集まってくる石があるのは知ってるよ。あれは動物たちが治療にくるわけ？」

「ヒトより他の動物の方が、波動を敏感に察知しているものだ。彼ら彼女らは好き好んで境内に集まってくるのではなく、『ゼロ磁場』にヒトが勝手に境内を造ったのだ」

「ゼロ磁場……？

ああ、わかった。やっとナゾがとけたよ。学校や病院はゼロがない場所にあるんだね。近よるだけで気分が悪くなるから……」


「よいか、今のオマエの能力では、太陽の国にはいかれない。なぜなら、同調できる領域内に、座標軸が設定されていないからだ。X、Y軸だけではなく、Z軸もつけ加えなければいけない。ようするに、オマエが検索できない次元に、太陽の国は今もなお存在しているのだ。わかりやすく言えば、太陽の国は不可視の状態にまで、波動が高められているということだ。わかったか？」シンハはマヤの反応をうかがいながら話を続けた。

「だが光の糸は、過去にも未来にもつながっている。現在の太陽の国にはいかれなくとも、時空を超え太陽の国が栄えた時代にはいかれるであろう。ただし、オマエは二度と、元の時代には戻れないかもしれない。たとえ無事に帰還できたとしても、正気でいられるかどうかは、保証の限りではない。なぜなら、シールドをかけないまま時空を超えると、精神に歪みが生じ、集合意識と呼ばれる記憶へのアクセスコードに、重大な影響を与える恐れがあるからだ。

なおかつ、光の糸の交通網は、長いこと使われていないので、中継地点の欠損も激しい。目的地にたどり着けないどころか、最悪の場合、時間の歪み、もしくは時空の隙間に転落して、ゼロ時間領域を永遠にさまよい続けることになる。それでも良ければ手助けしよう」

「いいよ、ゼロ時間でも」マヤは迷わず、そう答えていた。

「よろしい。オマエは紫外線界隈にある、情報層に同調できるか？」

「……透明な螺旋のこと？」

「その通り。その螺旋を注意深く観察すると、右巻きと左巻きの螺旋がある。収縮する時間と拡張する時間……簡単に言えば、上むきの螺旋と、下へと降る螺旋がある。そのどちらかが過去へ、そのどちらかが未来へとつながっているのだ。螺旋には必ず垂直に突入すること。

ただし、決して目を開けてはならない。紫外線界隈の光は、地球人類の目には強烈すぎるからだ」

「どっちを選べばいいの？」

「なに、簡単なことだ。直観で選べばいい」シンハはそう言い残すと、口から光を発射し始めた。

光の糸を伝わって、透明な螺旋まで進むと、右回りの渦巻きと、左回りの渦巻きの音が聞こえた。荒れ狂う風が悲鳴をあげ、色とりどりの光が束になり、身をよじりながら竜巻に吸い込まれてゆく。左右から響く別々の音階を聞いているうちに、平衡感覚を失い、どちらへ飛び込んだらいいのか、一瞬わからなくなった。

小さな竜巻が耳の奥でクルクルとまわり続け、気がつくと冷たい石のうえに、ぐんにゃりと横たわっていた。

「ここはどこ、太陽の国ですか?」マヤはふらふらと立ちあがる。

「ここはアンコール」氷のように冷たいシンハの声が心に突きささった。

「……ダメだ……できない。時空を超えるなんて絶対にムリ……」マヤは膝《ひざ》を抱え、うつむいた。

「獅子として生まれたものは、獅子として生きよ!」雷鳴のようなシンハの声が鳴り響いていた。その言葉を聞いたマヤは、目が醒めたように顔をあげた。

「ダメだと思うからダメになるのだ。オマエに強い意志があれば必ずできる。オマエをこの地に縛りつけているものは、心にはびこる疑念と恐怖心だ。それらを払いのけるには真実を知ることだ。

よいか、厳密に言えば、この世のなかには、プラスもマイナスも、善も悪も、東も西もないのだ。東を目指すという言葉は、東方の星を目指すこと、光源をみつけること、燈明《とうみょう》を探すことだ。心の奥底へと下降し、魂の神秘に触れることを、比喩的に表現しているにすぎない。

オマエたちの文明では、時間と空間のみが重要視されているようだが、そこにはもう一つ忘れてはならない、重要な要素が加わらなければならぬ。

臨界点を超え、磁気を帯びた光を捕まえるには、意志がいる。この宇宙は、時間と空間と、意識にて構成されている。必要なのは、強い意志なのだ。おわかりかな？」

「強い石って、どんな石？　アヌビスからもらった石なら持ってますよ」マヤは首からさげていたヤジリを得意げに見せた……。

「おお、これは……バランス石だな。石のなかにあらわれる色彩と音を追いながら、光の波動に同調することができるのだ。肉体と心、内側の世界と外側の世界、右脳と左脳をつなぐ橋梁を強固なものとし、両者のバランスを保つためにはとても有効な石だ。両者のバランスを保つこと、すなわちゼロ領域に入ることを可能にしてくれる。

そして、この石は正しい方向を指し示してくれる、携帯用の同調マニュアルだ。ただし使い方を知らなければ、単なる石ころだ。バランス石を使いこなすには、強い意志を持つ訓練が必要だ」シンハは懐かし物を見るような目で、感慨深げに言った。

……正しい方向とはなんだろう。垂直以外にも正しい方向があるのか。それよりも、なぜ垂直なのだろうか。アヌビスもシンハも、垂直という言葉を繰り返していた。

それに、アヌビスはヤジリのことを、波動石と呼んでいたが、シンハはバランス石と言っている。たしかヤジリはもっと薄べったい石だったはずが、いつのまにか上向きのピラミッドと下向きのピラミッドを底辺でつけたような、正八面体になっていた。このヤジリは波動石からバランス石へと進化したのかもしれない。でも、どうしてこんな立体的になってしまったのか……ここは、青いピラミッドより標高が高いのか、それとも途中で気圧が低い領域を通過したのだろうか、とマヤは思った。


「幼い獅子よ、オマエは光を認識する力はすでに修得しているようだが、必要なのは技術だけではなく、その『ありよう』だ」

「アリヨウ……?」

「よいか、最新の設備を備えていようと、使うヒトがいなければ宝の持ち腐れだ。このバランス石も使い方を理解せず、原始人が狩りに用いたものだと思い込み、ほこりかぶった陳列棚に放置されたままでは浮かばれない。

現在の地球人類は、まだ理解していないだろうが、呼吸をある宇宙的なリズムと同調させ、血潮に流れる磁気を、ある星の軌道に乗せることが重要なのだ……。宇宙的なリズムとは、胎児が聞く母なる鼓動のようなものだ。オマエたちの常識では、その実態は無視されているが、オマエたちの肉体には、宇宙との交信に使う器官が、生まれつき備わっているのだ」

【注釈】宇宙的な鼓動（リズム）との同調点に到達すると、心のなかに「ゼロポイント」と呼ばれる状態が訪れる。そのポイントは、一点の曇りもない晴れ渡った青空のようでもあり、光のかなたへと無限に広がり始める。それが宇宙との接点であり、臨界点を超えて異次元の扉を開ける。しばしば睡眠時に、この状態が起きているが、その光景を覚えておくには、ある種の技術が必要だ。そこには宇宙の叡智があふれているが、現在の文明レベルでは到底理解されず、残念ながら有効利用されていない。

そして幾千年もの昔から、心をゼロポイントに保つことは、秘密裏に遂行されていたが、今日では、それらは非科学的なものとされ、博物館のヤジリや土器のように、正当な評価を得ていない。過去の偉大な遺産は、非科学的という呪文をかけられ、闇に葬り去られている。それは現代人が過去のレベルまで到達していないので、科学で証明できないのであろう。心がゼロポイントになるのは、呼吸や心拍数を宇宙的なリズムに同調させることの他にも、雑踏のなかを歩いているときや、電車のなかでウトウトとしているとき、難しい本を読みながら、音楽を聴きながら、ゆれる炎を見ながら、うたた寝をしているとき……などなど。さまざまな状況で起こり、自分の一番やりやすい方法を用いることができる。ただし、苦しみや痛みを覚える方法や、短絡的にクスリに頼ることはいけない。なぜなら、間違った方法で突入すれば、間違った場所に到達してしまい、シールドされていない魂の領域を傷つけてしまう原因になり、修復には困難をきたすからである。

「この世のなかに不必要なものは、なにひとつない。特に肉体に張り巡らされた神経や血管は、惑星地球に走る光の糸と同様に、重要な役割を担っているものだ。オマエたち一人ひとりは、地球に張り巡らされた神経であり、光を受信して再び光を発信する、電気的な存在でもあるのだ。そして、地球人類は惑星地球の細胞のひとつであると自覚して欲しい。すなわち、オマエたちは変換器の役割を担っているのだ。粗い物質を繊細なものへと変換し、精妙な波動を宇宙へと返還することだ。それが地球人類に与えられた仕事なのである」

「なんか、とってもムズカシイね……でも、心臓の音を72数えるのは知ってますよ」

「よいか、その技法や形態が重要なのではない。大切なものは、その『ありよう』だ。ありようとは、オマエたち一人ひとりの生き方、心の持ちよう、その動機、その方向性だ。重要なのは、どの方向に意識を向けるかなのだ」

シンハはバランス石を例にとり、その方向についての話を始めた。内容はかなりハードなものので、マヤにとって耳の痛い話が多く、脳の検閲機能はそれを消去してしまおうか、笑い話にしてしまうか、はたまた謎かけをして他の話にすりかえてしまおうか、悩むところであった。

「幼い獅子よ、ワガハイの話をよく聞いて、じっくり考えて欲しいものだ。

現実から目をそむけ、アカシック・レコードと呼ばれる『宇宙図書館』で検索を続けることに、なんの意味があるのだろうか。そんなことは、宇宙の深淵《しんえん》を理解していない、未熟なサルのやることだ。自らの殻に閉じこもり、座っていればいいというものではないのだ。他者に迷惑をかけなければそれで良いと、自分の世界に閉じこもっていることは、方向性を見失い、バランスを崩していることに他ならない。

幼い獅子よ、オマエがなぜ、子供の本しか検索できないか、その理由を教えてあげよう。それは、オマエの動機が子供じみているからだ。偶然みつけた宝物を、誰にも見つからないように、自分だけのものにしようと隠す。そんな心の持ちようでは、得られる知識が限られてくるのも当然の摂理だ。

オマエにとって、『宇宙図書館』とは、境界線をウロついているうちに、偶然見つけた異次元ゲートにすぎない。その真価もろくにわからないモノを、有効利用しようともせずに、風通しの悪い暗闇に押し込めているのだ。

人々のためにならない知識に、なんの意味があるというのか！

社会の役に立たない知恵に、惑星の進化に貢献しない叡智に、なんの存在価値があるというのか！　自分の得たものを他者と分かち合うことができれば、再び新しいものが入ってくる。

カラッポの空間には再びものが満たされていくものだ。それが宇宙の掟《おきて》だ。

一方、惑星地球では、背後にどんな不純な動機が隠されていようとも、知識を学ぶ機会が得られるのが現状だろう。知識そのものは素晴らしいものであっても、それを使う側の人間性に少々難があり、知識を誤用してしまう事例があとを絶たない。知識を際限なく求め、それを悪用し、自ら創り出したものに、自らが滅ぼされていく……惑星地球の進化と破滅の歴史は、まさにその繰り返しだ。

そして、われわれは同じ過ちを繰り返さないためにも、情報にシールドをかけることにした。その知識を得るに値する精神性……または動機……を伴わない者には、宇宙の情報を開示しないということだ。

だが、ときの終わりが近づくにつれて、磁界がゼロに近づき、そのシールドも、脳の検閲機能も、だんだんと制御がきかなくなっているのが現状なのだ。その証拠に、オマエのように子供じみた動機を持った者でさえも、この神聖なる『エリア#13』に侵入してくるありさまだ」

シンハは大袈裟に嘆いてみせた。

この話を聞いているうちに、かつてどこかで見たことがあるような不思議な映像が、マヤの脳裏には浮かんでいた。それは境界線のように張られた一本の縄が、みるみるうちにヘビの姿に変わり最後には龍の姿になり、マヤを一瞥《いちべつ》すると「チッ」と舌打ちをして立ち去ってゆくのだった。この龍の合図は、境界をひとつ突破したことを示しているのかもしれない！　マヤはそれを確かめようと思ったが、そんなことはお構いなしに、シンハの話は新たな展開をみせていた。

「幼い獅子よ、いまから話すことは自分で許容範囲を設定し、それを超えるものに関しては、比喩的な表現だとして受け流して欲しい。すべてを強引に理解しようと試みれば、オマエの心は不調和を引き起こし、最悪の場合は発狂してしまうだろう。受け入れられない夢は、自らの判断で消去するように、受け入れられない情報は、たとえ話だと思って笑い飛ばしてしまえ。

よいか、オマエたちの脳は、情報を受信、送信する器官であり、オマエたちの記憶は頭蓋のなかに納められているのではなく、他の領域に蓄積されているデータを随時ひきよせているのだ。記憶のメカニズムというものは、オマエが言うところの座標軸の設定、もしくは名前というインデックスをつけることによって、その言葉……音声……と同じ波動を持つものを引きよせてくる仕組みになっている。もちろん、名前以外にもインデックスは多種あり、色、香り、触感、図形、数字など多岐にわたっている。感情というものを数値化し、同じ感情をいだいた過去の情景を引きよせるということは、普段から無意識のうちに経験していることだろう。これらは同じ波動のものを響かせる、いわば共鳴現象を利用しているのだ。同じ形の音であれば倍音を響かせ、やすやすとオクターブを超えることができるのだ」

【注釈】……このオクターブを有効利用すれば、「宇宙図書館」の年齢制限など、なんなく突破できる。たとえばマヤが9歳ならば、9の倍数はすべて読めるはずである。それどころか9までのアクセスコードを使えは、(1を除く)2〜9の倍数は全部網羅できるのだ。とはいうものの、年齢制限が素数の本は、そう簡単には読めないので、ヒトは素数というものに、憧れを抱き続けている。

「宇宙とは巨大な脳のようなものであり、オマエたちの脳は一種の翻訳機、もしくは端末機《たんまつき》にすぎない。ホストコンピュータに逐一《ちくいち》データを書き込み、その断片的な記憶の連続を、オマエたちは時間と呼んでいる。映画フィルムのコマおくりを見ればわかるように、断片的なひとコマひとコマをならべ、一本の連続した時間というものを感じているにすぎない。

オマエたちは個人的、及び局所的な事象をホストコンピュータに送信する。そして、そこに蓄積されたデータは閲覧《えつらん》自由であり、基本的にはどこの誰のものでも読むことができる。ただしアクセスコードが必要であり、そのコードによって読める範囲も決まってくるのだ。なかには動機が不純なものには読めないように、象形文字や光の言語で書かれているものも存在し、シールドがかけられている極秘データもあるわけだ。例えば、意識を保ったまま死ぬ方法などというものは、極秘データに分類されている。なぜそれが極秘かといえば、意識を保ったまま死ねば記憶が途絶《とだ》えることなく次の生まで持ち越せる、などという不純な動機を持っている奴らがいるからだ。意識を保ったまま死ねば、多くの光を地上に残して逝くことができるという真の意味を理解できるまでは、これは極秘データなのだ。わかったか。

そして、オマエたちは他次元の存在とも、脳を共有しているのである。自分の脳のデータを他の存在も利用していると知れば、領空侵犯もしくはハッカー被害にあったような気分になるかもしれないが、それとは気がつかないうちに、自分でも他者の脳もしくは記憶と呼ばれるものを、使わせていただいているのだ。この領域を真の意味で理解できれば、地球人類が思い描く個人という概念は幻影にすぎず、そこには、多様性に満ちた宇宙の一なる法則が存在していることがわかるだろう。

オマエがいうところの『宇宙図書館』とは、アカシック・レコードと呼ばれている人類の集合意識のことであり、アクセスコードさえ解読できれば、なにひとつ、秘密など存在しないのだ。扉はいつも開かれている。

だが、ひとつだけ、いいことを教えてやろう。オマエは宇宙図書館から好きな情報を持っていくがいい。ただし、その情報をどう使うかについては、自分で全責任を負うのだ。ようするに、カルマは自分で負えということだ」シンハは不敵な笑いを浮かべていた。

「さあ、オマエの前世を思い返してみるがよい。この星に、二度と戻ってくることはないと宣言したはずが、再びこの惑星地球で生きることを決意した本当の目的を、じっくり思いだすがいい。オマエはなぜこのときを選んで戻ってきたのだ？

オマエは高い山の頂上にも、自らの心の深淵にさえも、とどまることはできない。このことが理解できたならば、深淵の光を携えて、混沌とした世界へと帰還することだ。

よく聞くがいい。オマエひとりの力では、太陽の国へはいかれない。同志たちを目醒めさせよ。オマエはなんの目的で、今ここにいるのか」


ここから先は、マヤにとっては単なるたとえ話にしか聞こえなかった。その内容とは図書館の扉が渦を巻いている理由についてであり、時空の扉は、現在、過去、未来の「三つ」の渦巻きからなっているが、マヤはそのうちの「二つ」しか開けることができなかった。上向きの光円錐《ひかりえんすい》と、下向きの光円錐があらわれ、プラスとマイナスが互いに打ち消しあい、ゼロポイントを創り出す仕組みを説明し、なぜマヤが第三のポイントにとどまることができないのか、その原因と対策をシンハは延々と述べていた。神社の鳥居を物質化しながら、どの方向がゼロポイントなのか、どこが異次元への突入ポイントなのか図解説明していたが、いったい、なぜ鳥居なのかわからなかった。

その他にも、マヤが興味を持ちそうな「数字」を使って、シンハは説明を繰り返した。古ぼけた紙切れに書かれた数字は座標軸で、タイムトラベルの際には、年代設定のための重要なコードとなるので、いかにしてZ軸を設定するかということを延々と解説していた。

〈光円錐《ひかりえんすい》〉

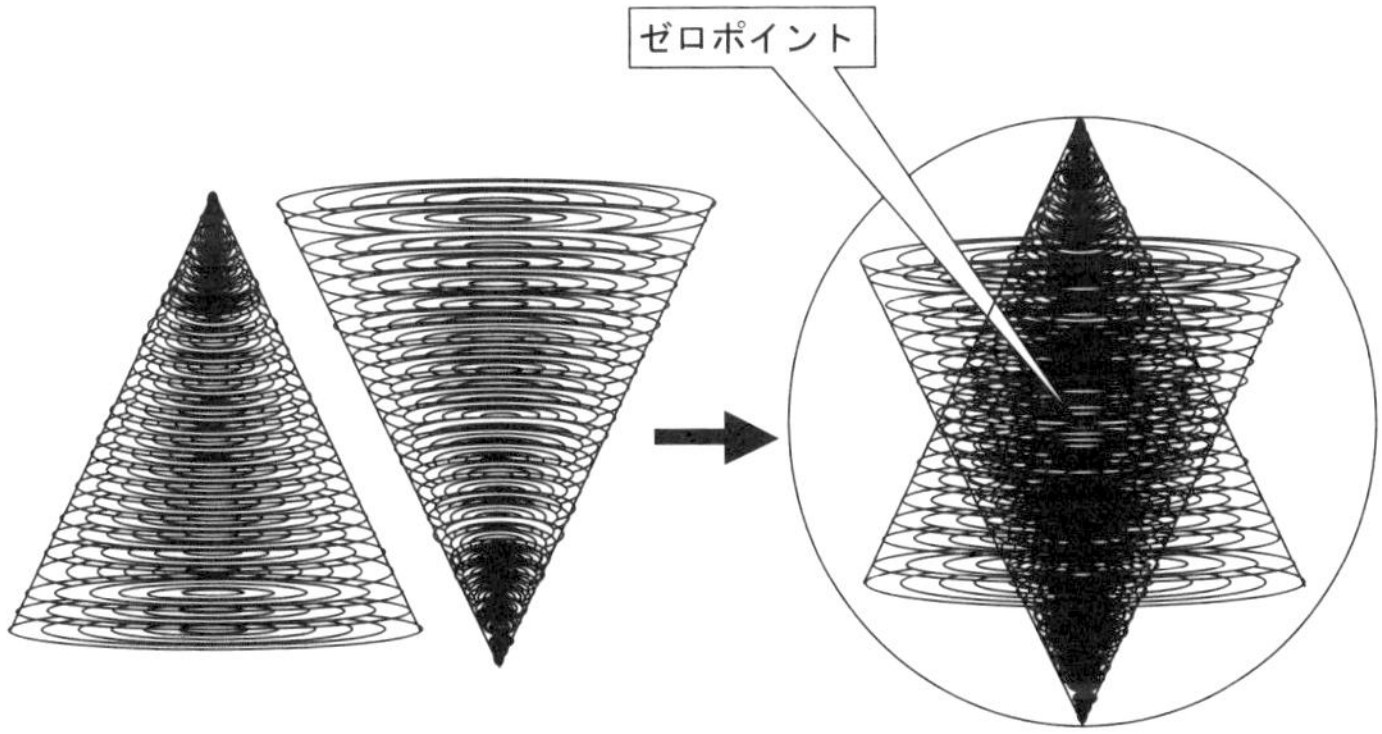

〈鳥居とゼロポイント〉

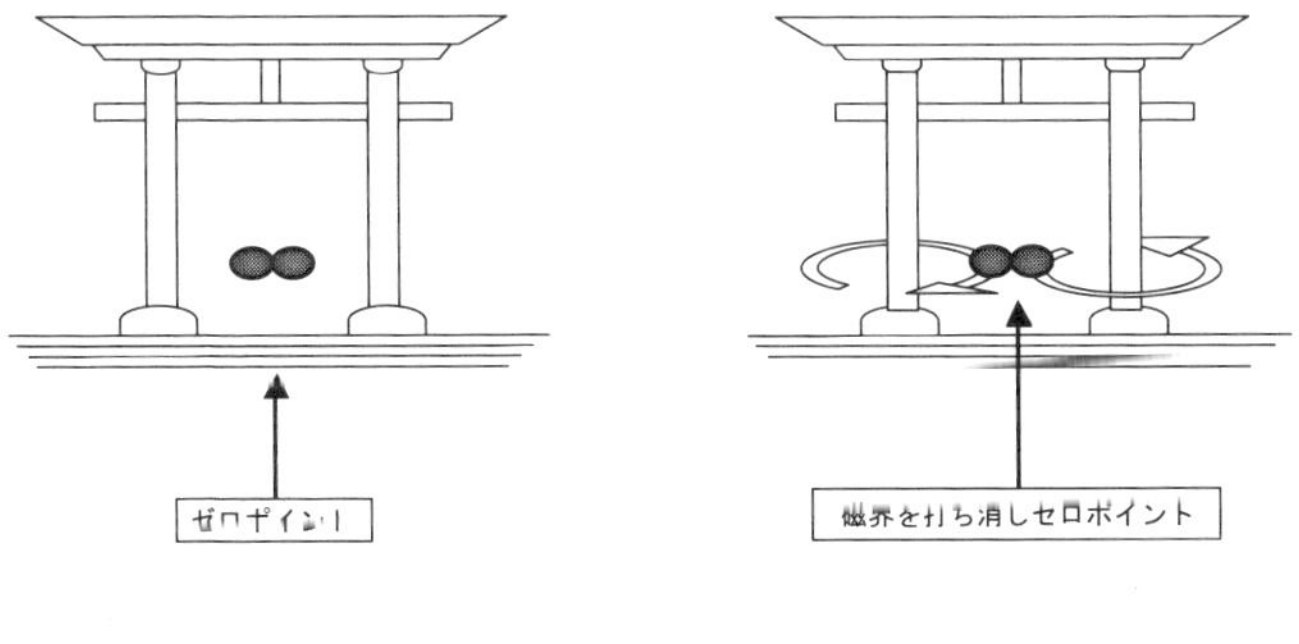

しかし、マヤのあまりの理解力の低さに途中であきらめたようで、最後には三面鏡を物質化して、左右の鏡を45度の角度に固定し、今にも眠ってしまいそうな表情のマヤを鏡の正面に座らせた。ボンヤリとした目で鏡のなかを覗いてみると、その片側には懐かしい過去の映像が流れ、もう片方には未来の映像が流れていた。それはまるで二匹の龍が身をくねらせながら、天空をわがもの顔で駆け巡っているように見えた。

まっすぐ正面を見つめたまま、左右の映像を一本に束ねるようにとシンハは促していたが、荒れ狂う二匹の龍を素手でつかまえるなんて所詮無理な話で、マヤは映像の変化についていかれなくなっていた。左右に流れる映像を見ているうちに、まるで夢から醒める際にあびる記憶消去物質が、頭上からキラキラと音をたてて降りそそいでいるかのように、意識がだんだん遠くなり、夢の浅瀬を漂うような心地よさに包まれてゆく。光のトンネルを通りミストのシャワーをあびるということの真相は、二匹の龍が口から霧状の煙をだしていたのだ。聞き覚えのある星の子守り歌につつまれ、シンハの声が遠くでリフレインをくりかえしていた。シンハの発する音が、ゴロゴロと喉を鳴らすネコのような声になり、謎の象形文字や光の言語のように、なにを語っているのかまるでわからなくなっていた。

「……幼い獅子よ」

その言葉を聞いた瞬間に、目覚まし時計のアラームが鳴り響き、マヤは条件反射的に飛び起きていた。幼い獅子という言葉の背後には、まるで眠っていた細胞をいっせいに目醒めさせるスイッチが隠されているようだった。しかし、「獅子」という言葉に秘められた本当の意味については、実のところまったくわからなかった。

「……よいか、異次元ゲートは、息を吐ききって、つぎに息を吸う一瞬手前に潜《ひそ》んでいる。心を開放させた後、つぎの動作に移す瞬間、もしくは極度の緊張から開放される瞬間、張りつめた糸が、たわむ瞬間にあらわれる。

その隙間《すきま》を垂直に進めば、時空を超え、いくつもの別々の領域を瞬時に横断できるのだ。心のなかにカラッポの『ゼロポイント』を創りだすことができれば、そこに多次元の情報が流れ込んでくるのだ。心の真空とは、すなわち臨界点を探すことだ。わかったか！」

「ようするに、心のなかにゼロポイントを創りだせば、宇宙と繋がるということですね。もし、臨界点を探すことができれば、ワタシは時空を超えられるのでしょうか」

マヤの言語能力は、9歳よりも多少は進歩しているようだった。それは子供じみた動機から脱却できたからなのか、ただ単に脳の検閲機能が寝ぼけていたせいかは定かではない。

《9の魔方陣》

「心をゼロに保つことが、強い意志をもつことだ。ゼロの神秘を理解できたなら、麗《うるわ》しき魂の神殿へと……われわれの地下世界へと……案内しよう」

こういい終わるや否や、まばたきをする暇もなく、瞬時に景色が変わっていた。シンハの言葉を信じるならば、ここは不可視のレベルにまで高められたアンコールの地下世界だという。

細長い回廊《かいろう》を降りてゆくうちに、あたりはだんだん肌寒くなり、研ぎ澄まされた空気が静寂《せいじゃく》を運び、まるで滝壷《たきつぼ》の裏側の世界に迷い込んだような気配を感じていた。回廊にはいっさい装飾というものがなく、彫像はおろか文字ひとつ刻まれていなかった。この建造物は完全な「比《ひ》」によって構成され、視覚的、音響的、そのほか目耳には届かないさまざまな作用によって、このなかに足を踏み入れた者の肉体と魂に、共鳴効果を引き起こすという。

本来、建造物とは細胞レベルから精神レベルに至るまで、大いなる宇宙との共鳴効果を及ぼし、その領域に足を踏み入れたものを、本来あるべき正しい姿へとチューニングする作用がある。たとえば、荘厳な建造物や神聖な寺院など、おどろおどろしい雰囲気のなかにも、ある種の不可侵的な美しさを醸《かも》しだしているのはそのためだろう。それらは、空間の持つ比率や、それに伴う音響効果が、細胞レベルに至るまで多大な影響を与えているという。また、この共鳴効果を正しく使えば、多次元領域を自由に行ききできる巨大な次元上昇装置になるのだとか……。

現にマヤは、回廊を通り抜けるたびに心が洗われ、アーチをくぐるごとに一枚いちまい余分なものを脱ぎ捨て、五感は冴《さ》え渡り、心身ともに純粋になってゆくような気がした。それはまるで、宇宙図書館の回廊を通り抜けるときに味わう、大いなる存在からのあたたかいまなざしと、静かなる高揚感にも似ている。そして、マヤの肌の色はだんだんと青味がかり、図書館ガイドのジーのような肌質に変わり、ついに地下世界の深淵に辿《たど》りついたのだった。

〈逆ピラミッド〉

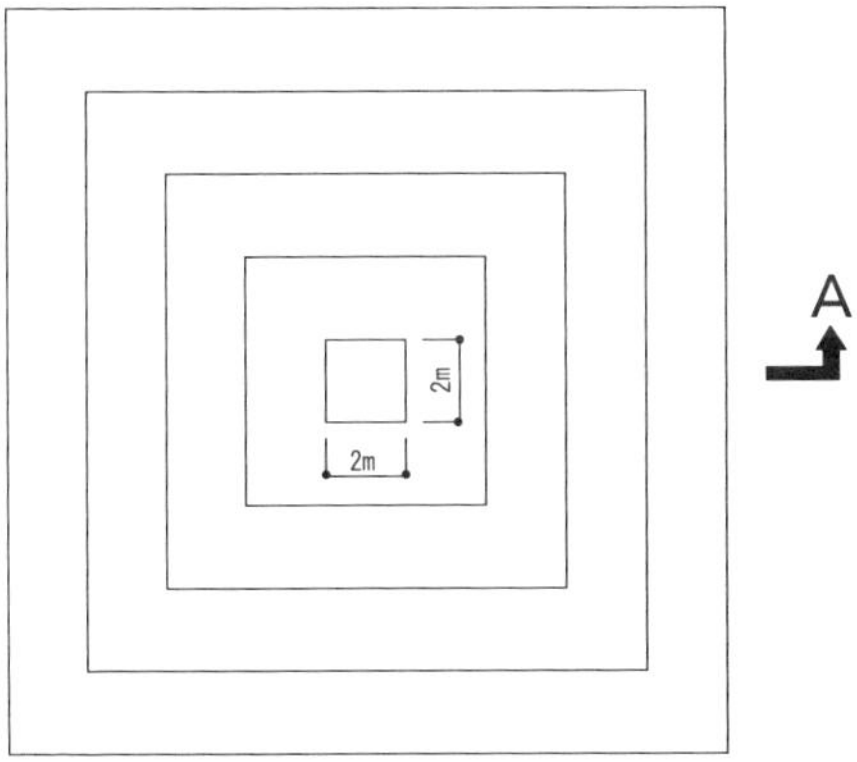

平面図

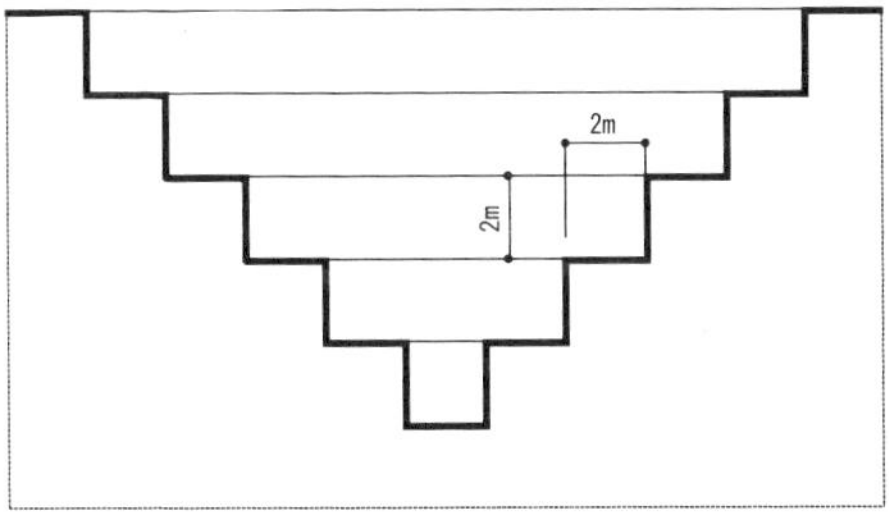

A-断面図

そこは水鏡に映った逆ピラミッドのような形に、石の塊を階段状にくりぬき、中央部分が一番低くなっていた。中央に配置された正方形の競技場を、四角くとり囲み、観客席が階段状に5段、積みあげられているようにも見えた。耳を澄ませば、遠くから微かに水の音が聞こえているので、ここは水をためる池なのだろうか。

一辺が2mほどの立方体のブロックが、規則正しく並べられ、石と石との隙間はなく、その表面はツルツルに磨かれ、レーザー技術か水圧を用いてカットされているようだった。見れば見るほど精巧に並べられた石積を前に、どれほど高度な文明が栄えていたのか、もはや想像の域をはるかに越えていた。

シンハは身をひるがえし、階段の一番下へと降りてゆく。マヤも後から追いかけたが、一段が2mもある石段なので、いっきに降りるのは困難だった。こういうときでも図書館ガイドのジーや、エリア#13の巨大なイスに座れる人なら、この階段を平然と降りられるのだろうが……。

いつ、どこの誰が、いったいなんのために、この巨大な石段を造ったのか、という疑問がふつふつと湧きあがってきた。これは現在の地球人類よりも、はるかに背の高い巨人族が造ったものか、アヌビスのように音声を物質化したとしか思えなかった。

やっとの思いで、一番底の正方形の領域にマヤが辿り着くと、シンハはシッポを旋回させながら、底辺部分にあった正方形の石を浮上させテーブルにして、マヤが書いた『設計図』を見せて欲しいと言った。

古ぼけた紙切れに書かれた数字を、1行ずつ目で追うようにチェックをしているシンハの姿は、まるで生徒の宿題を採点している厳《いか》めしい先生のように見えた。生徒の理解レベルに応じて、補習授業を始めるつもりなのだろうか?

ふと、正方形のテーブルを見ると、そこには規則正しく碁盤の目が刻まれ、そのマス目を数えてゆくと、縦横に9マスずつ、合計81マスあった。

「シンハ先生。これは掛け算九九表ですか?」マヤはテーブルを指差して尋ねた。

「では手始めに、オマエの九九表とやらを、このテーブルに刻んでもらおう」シンハはマヤが首からさげていたヤジリの送信用目盛りをあげ、頭に思い描いた文字をヤジリを使ってテーブルのうえに送信するように指示した。

マヤはヤジリを握り締め、マス目のうえに対角線を一本思い描いた。すると、手を使わずにマス目に線が引かれていた。その線上に1、4、9、16、25、36、49、64、81と、太く記入したあと、対角線で仕切られた半分にだけ数字を書き込んだ。シンハはマヤの九九表を眺め、太文字の出来ばえを誉めてくれた。

そして、シンハは一息で数字を吹き消すと、今度は「ウラ九九表」を完成させた。シンハの

〈マヤの九九表〉

1	2	3	4	5	6	7	8	9
2	4	6	8	10	12	14	16	18
3		9	12	15	18	21	24	27
4			16	20	24	28	32	36
5				25	30	35	40	45
6					36	42	48	54
7						49	56	63
8							64	72
9								81

〈シンハのウラ九九表〉

1	2	3	4	5	6	7	8	9
2	4	6	8	1	3	5	7	9
3	6	9	3	6	9	3	6	9
4	8	3	7	2	6	1	5	9
5	1	6	2	7	3	8	4	9
6	3	9	6	3	9	6	3	9
7	5	3	1	8	6	4	2	9
8	7	6	5	4	3	2	1	9
9	9	9	9	9	9	9	9	9

「ウラ九九表」は、どのマスにもすべて、ひと桁の1～9の数字だけが記入されていていた。シンハが言うには、掛け算の答えを、ひと桁になるまで足したものを記入したのだという。(たとえば9×8の答えは、7＋2＝9)

そして、9という数字が記入されている位置に、注目するようにとシンハは言った。「9の壁」が、縦1列と横1列の合計2列あり、また中央の4マスを囲むように、「9の柱」が合計4本立っていた。シンハは縦横1列の9の壁を切り離し、「8×8＝64」マスに変えた。すると、これは明らかに神殿の「設計図」になり、シンハは設計図にしたがって、いろいろな分割方法や、正しい神殿の建て方などを次々と示していった。柱の位置、梁《はり》、入口、そして中央部分のゼロ磁場の組み方などなど。4隅に柱を建てることによって、その中央部分がゼロ磁場になり、参入者の肉体や感情、そして精神や魂レベルに調和を引き起こし、多次元の情報が流れ込む仕組みなどを図解してゆく。また、この「64」という数字は惑星の知恵とDNAのコードをも表しているという。

そんななかでも、マヤが最も気に入ったものは、この9×9の石組みを使った古い伝説だった。シンハはテーブルを元の形に戻すと、階段状の石組みの数を数えるようにいった。マヤはうえから石を数え始めた……一番上にある石は32個、2段目は24、3段目は16、そして4段目は8の合計80個だった。

〈神殿の設計図〉

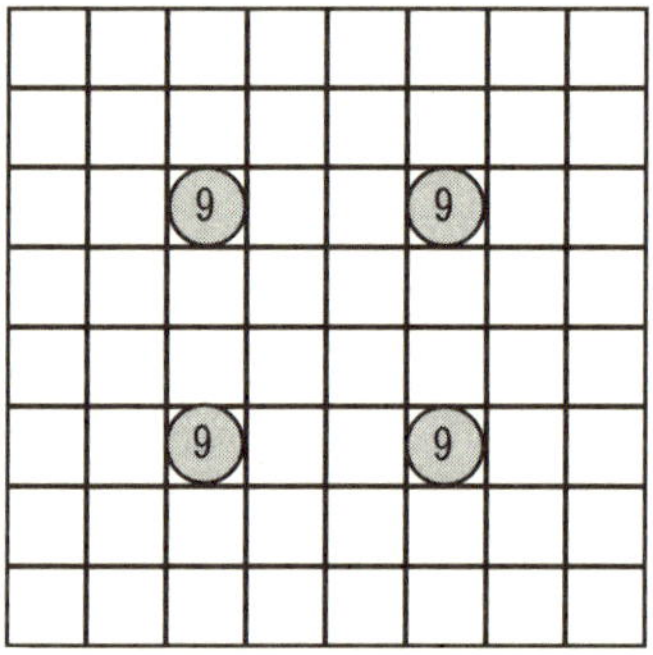

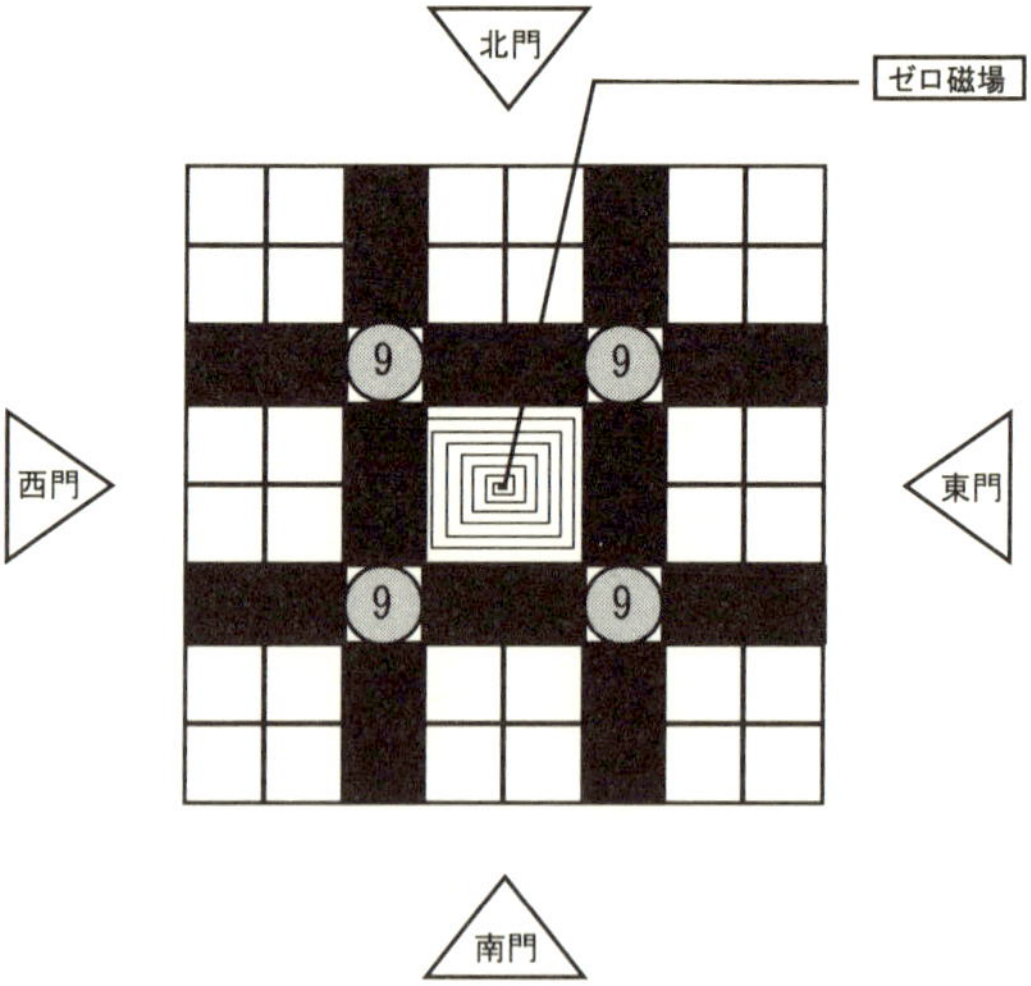

「これらの石組みを『比』であらわすと、4：3：2：1になる。おわかりか？

足元を見よ。オマエとワガハイが立っている、この場所こそが中央石であり、この石を加えると、80＋1＝81となるのだ」マヤは不思議そうに足元の石を見つめていたが、シンハはマヤの瞳の奥を覗き込むようにしながら話を続けた。

「われわれの、美しい伝説によれば、中央石から蓮の花が咲き、そこから生まれた意識が、この宇宙を創造したという。宇宙とは意識からできているのだ」

・第1の太陽の国は、172万8000年続いた……4
・第2の太陽の国は、129万6000年続いた……3
・第3の太陽の国は、86万4000年続いた……2
・第4の太陽の国は、43万2000年続いた……1

「そして、これらの合計である、432万年をひとつのサイクルとし、宇宙の周期は86億4000万年とされているが、これは創造意識の、たった一日にすぎないのだ。

そして、その創造意識ですら、この中央の石からはえた蓮の花から生まれたという。この永遠ともいえる時間のなかで、再び出発点の足元に流入するさまは、まるで宇宙の果てを探し求め、辿り着いた先が自分の足元だったという話に象徴されているではないか。

自分のシッポを追いまわす幼い獅子よ、これがわれわれの宇宙なのだ」

「でも、宇宙の始まりはどうなっていたのですか？」

「オマエはなぜ始まりという発想を持つのか教えて欲しい。それは終わりがあると思い込んでいるからではないのか。時間と空間、肉体と意識が別のものと考えているうちは、宇宙の目的や意味など理解できないであろう。この宇宙には始まりも終わりもないのだ。意識の連続性こそが宇宙なのである。オマエの意識というものは、一つの肉体の生涯ごとに断絶されるわけではない。もしこの宇宙が消滅し、違う宇宙になったとしても、その記憶は持ち越されるであろう。細胞から宇宙にいたるまで、すべてのものは永遠というときのなかで、螺旋《らせん》を描き続けていることを憶えておいて欲しいものだ！

　さあ、このマス目は階段ピラミッドの縮尺モデルでもある。別名『9の魔方陣《まほうじん》』と呼ばれ、部分のなかに全体があり、全体のなかに部分が映しだされているのだ」

「9の魔法陣。これは魔法なのですか」

「魔方陣とは、邪悪な力から身を守るための結界のことである。9つの文字によって、身を守る結界のことは知っているだろう。オマエの地上の肉体が座っている石にも、この9字が刻まれているはずだ。この結界から外にでなければ、誰もオマエに手だしはできない。そして、9と0の関係を真に理解できれば、3次元に限らずどの領域内においても、オマエの結界は有効になるのだ。わかったか！」

「結界って、青いピラミッドにあった光のサークルのことかな。でも、まわりに12個の水晶はない。あるのは立方体のブロックだけだ……」マヤはあたりをグルリと見回していた。

「それより、なぜ、ブロックを積みあげないで、反対に階段状にくりぬいているのです？」

「オマエは、その答えをすでに知っているはずだ……愚者のふりをするのは、もうやめたほうがいい。多くを知っていることで命を狙《ねら》われる時代はもう終わったのだ。しかし答えを再確認したいというのなら教えてあげよう。なぜ、逆さまかといえば、ここは、地下世界だからだ」

シンハの話し声は、以前にも増してオドロオドロしくなっていた。

《９次元ゲーム》

「オマエはアヌビスの領域において、知を体感するという右脳的な能力を磨いてきたが、この地下世界においては、鏡に写った左脳的な能力を身につけなければならない。自らが数を数え、計算することを学ばなければなるまい。さあ思考を全開にして、『９次元ゲーム』を始めよう」

「９次元ゲーム？」

「オマエに９次元ゲームの秘密を教えてやろう。ただし、９次元ゲームを理解するには、10次元以上の知識がなければ所詮ムリな話だ。オマエたちに９次元ゲームの説明をしたところで、

〈９次元ゲーム〉

	1	2	3	4	5	6	7	8	9
9	8	7	6	5	4	3	2	1	

3＋6＋2＝11

子供だましの単なる御伽噺《おとぎばなし》にしか聞こえないだろう。この地球上で、いったい何人の者が、この深遠なるゲームを理解できるというのか……」

「でも、地球上に一人くらいはいるかもしれませんよ。9次元ゲームのできる人が」

「幼い獅子よ、このゲームは一人ではできないのだ。二人がペアにならなければ踊ることができない。今はこの意味がわからなくとも、オマエの未来の記憶を総動員してでも、このゲームの奥儀を理解して欲しいものだ。

よく聞くがいい、この領域は9次元である。それぞれ二つの次元がペアになって9次元ゲームを続けているのだ。オマエたちが存在している3次元は、六つの面からなる立方体でできているのだ。ようするに、3次元のペアは6。その証拠におまえたちの魂は、六つの面からできているのだ。わかったか？」

「魂はサイコロなのですか……？」

「サイコロの表と裏の関係をよく観察してみるがいい。目に映る表の世界だけを見ていてはなにもわかるまい。目には見えない裏の世界が表を支えているのだ。オマエたちが目指す光の世界も、この地下世界が支えているということを憶えておいて欲しい。ようするに、自分の闇の部分を認めなければ、光の世界などに辿りつけるわけがないのだ。自分の暗部を見ようともせず、遠い空のうえばかり見ているような奴は足元がフラフラで、光の世界に自らの足で歩み入ることなど到底できない。わかったか！

そして、表と裏は入れ替わる。なぜならここは地下世界であり、鏡の領域だからである。それが9次元ゲームの真髄なのだ。

さあ、よく考えてみよ。裏と表の面の合計が常に同じになるのはなぜか。1の裏は6、2の裏5、3の裏は4。9次元ゲームも同じルールで成り立っているのだ」

「……ということは、1と8、2と7、3と6、4と5……それじゃあ9は誰とペアになるのですか?」

「幼い獅子よ、思い出すがいい。その答えこそが9次元ゲームの奥儀なのだ。なぜならここは地下世界であり、ゼロ時間領域であることを忘れないで欲しい。オマエは永遠にゼロ時間のなかをさまようつもりか?

アヌビスならこう言うだろう。1から9の数字を色に当てはめて、1=赤　2=橙　3=黄　4=緑　5=青　6=藍　7=紫　8=ローズピンク　9=白銀　そしてもう一つ色彩が存在する」

「白銀の次は……金色?」

「その通り。黄金は数字のなにを表しているか考えてみよ。それが9次元のペアだ」

「10?」

「愚か者め!　この麗しき地下世界は、9次元だといったはずだ」

「……わかったよ。9次元のペアはゼロだ。でもゼロ次元ってなんですか。なにもないところに次元があるのですか？」

「ゼロとは無という意味ではなく、ゼロとは東洋の哲学でいうところの空《くう》なのだ。空《くう》とは何もないという意味ではなく、多くの物質に満ちあふれている。すべてを内包する多様性に満ちた次元こそが、ゼロ次元なのだ。

ここでひとつ、オマエに次元の秘密を教えてやろう。

オマエのいる3次元は、6次元とペアになっている。ようするに、3次元の住人にとっては、6次元とコンタクトをとることが限界領域ということだ。7次元以上を検索するためには、6次元を中継地点とするのだ。オマエがいうところの、エリア＃6とエリア＃7の間が古戦場のようになっている訳は、寝ぼけた参入者を落とし穴に突き落とすためだ。6次元とのつながりを強固にしなければ、とても12次元まではいかれまい。

そして、6次元を中継地点とした場合、12次元までが限界領域だ。エリア＃12からエリア＃13に上昇する方法は、オマエはすでに知っているはずだろう。12次元を中継地点とした場合の限界領域は22。ここから先にいくには、また特別な技術が必要となるのだ。

オマエが多次元の知識を得たら、9次元ゲームの意味がわかるであろう。だが今は無理だ。この話が子供だましの戯言に聞こえるようなら、オマエはまだまだゼロの神秘には到達できまい。

そして、この鏡面世界において、9の秘密を解き明かすことができれば、オマエは境界を飛び超え、新たな領域へと着地するだろう。オマエが書いた『(9＋13)＋1』という式が暗示しているように、オマエは22を超えていく運命にあるのだ」

「22を超えて……？」

「この設計図には、オマエの任務が書き込まれている。

よいか、よく見ておくのだよ。この記号『Λ《ラムダ》』が地球の暦で1987年をあらわし、そして、こちらの記号『ω《オメガ》』が2037年をさしている。二つの記号の中央部分に、ゼロの発生ポイントがある。いわば、磁界がゼロになったとき、3次元領域ではなにが起き、その前後25年間にオマエはなにをなすべきか、この設計図には天空のイベント及びオマエ自身の計画が書かれているのだ」

「それは、生まれる前にたてた、スケジュール表のようなものですか？」

「その通り。オマエたちは夢で受け取る文字や方程式に、もう少し注意深くあるべきだ。これらは地上の常識では計り知れない、比喩的な意味を含んでいることが多いのだ。なぜなら他の領域の存在たちが、地球人類とコンタクトをとる場合、まずは夢という手段に訴えかけることが一般的だからだ。地球人類が恐れや先入観をいだかずに、われわれと会話が成立すれば一番良いのだが、現状ではそれは困難なことなので、意識が眠りこけている夢の状態を利用するのだ。繰り返し見る夢や、誰か第三者に見せられているような鮮明な夢は、他の領域の存在たちが、メッセージを発信していると思って、ほぼ間違いないだろう。宇宙共通の光の言語を理解しない地球人類とコンタクトをとる場合は、幾何学模様、図形、数字、方程式などを用いることが多いのだ。

光の言語や方程式の深淵に隠された意味を理解できれば良いのだが、それがダメな場合は比喩的な表現を用い、それでも通じないならば、比喩の比喩を使い、それでもダメなら比喩の比喩の比喩、たとえ話の、たとえ話の、たとえ話を……。最終的には本来の意味など原形をとどめていないことだろう」

《イケニエの法則》

シンハは突然、思い出したように「紙の裏に書かれた計算式を一緒に解いてみよう」といった。

「幼い獅子よ、加算のみを行なう式において、カッコがついていることをまず不審に思わなければならない。なぜ、足し算だけの式に、カッコなど必要なのだろうか?

次に、プラス1という言葉の背後にあるものについて考えてみよう。ただ単に数字を足すという量的な意味だけではなく、『+1』という表現には、境界を超える、飛躍する、時空を超越するという意味にも、しばしば用いられるのだ。

以上のことを踏まえれば、(9+13)という塊と、+1に意味があり、ワガハイならこの方程式を『22を超えてゆけ』と翻訳しよう。

オマエはこの意味がわかるだろうか……現在の地球人類の集合意識というものは、22の層を示し、13×4＝52の要因を持っている。この方程式の意味を端的に表現すれば、意識でも無意識でもない、顕在意識でも潜在意識でもない、その向こう側へ辿り着けということになるのだ。わかったか？」

「まったく、全然、サッパリわからないけど、22という数字に深い意味でもあるのですか」

「その通り。22という数字には、いくつもの意味があり、何層にも比喩的な表現が重なって、いわば多重構造を呈している。そのなかでも、オマエの言語能力にて理解できそうなものを三つピックアップしてみれば、22の幾何学模様、22の音階、そしてヒトの染色体を模して作られた22の文字だ。文字や図形、言葉や音を超え、そしてＤＮＡの二重らせんをも超えていく。22を超えるとは、今までの限界を超えること、すなわち時空を超えて他の時間領域へとタイムトラベルすることでもあるのだ。

……そして、第二の式、Ｚ＝ の真意は、ω（オメガ）＝ であり、地球人類の最終到達点を示しているのだ。だがその記号が、Ｚではなく数字の２だとすれば、式の前になにか一文字抜けている可能性があり、その抜け落ちたなにかの二乗が、１／１３７ ともいえる。

そして、１３７という数字は、太陽周期と密接な関係があり、地球人類の生成にも関連している。ようするに識別番号のようなものだ。これは太陽の国の印章でもあり、この式こそが太陽の国の扉を開けるカギとなるのだ。ただし、1／137の答えが示すように、そう簡単に割り切れるものではないぞ。覚悟しておくことだな。この手ごわい式をオマエだけの力で解けるとは到底思えない」シンハは不敵な声をあげた。

「1／137＝0．00729927007299270072992700729927

……

Z＝ω《オメガ》？　この式が、太陽の国の扉を開けるカギ？

……たしかアヌビスは、調律用の音叉《おんさ》に、137度の鉄の棒を使っていた」

「その通り。この137という数字にも、さまざまな意味が込められているのだ。大雑把《おおざっぱ》に表現してしまえば、137の周辺には、この宇宙の成長点が隠されている。

そして、オマエが書いた、この設計図には、137の使用方法が克明に記されているのだ。自分で書いた指示書の意味を、いま一度思い出してもらおう。たとえば、一行目に刻まれた数字、これを正しく分割してみよ。マヤ、オマエの波動は、この領域内においては、建築家、天文観測者、そして、分割する力を意味する。さあ、オマエが書いた一行目の数字を正しく分割してもらおう」

これが自分で書いた設計図にはとても見えず、ただ単に数字を羅列しただけで、特別な意味があるようには思えなかった。まさかクレペリンテストのように、隣どうしの数字を足して、性格を分析するのではあるまいし、数字の足し算だけでなぜ性格などがわかるというのか……

隣、どうしを、足して？

「わかったぞ！」マヤはなにかにとりつかれたように、数字を分割し始めた。

「その通り。この数列は、前の二つの数字をたし、次の数字を導き出している。

たとえば、1＋1＝2、1＋2＝3、2＋3＝5、3＋5＝8、5＋8＝13……

この基本数列を、下段にコピーして、二本のオビにする。下段のオビを、計算尺のように右にひとつずらしてみよ。

重なった数字について、上段から下段を割ると、オマエが黄金分割と呼ぶ『1：φ《ファイ》』に近づいていくのが観察できるはずだ。

たとえば、89／55＝1．6181……

しかし、地下世界には、『ウラ黄金分割』と呼ばれるものがある。思考とは右にばかり進むのではなく、左にも進まなければならない。数列のコピーを、今度は左に二つ動かしてみよ。

たとえば、34／89＝0．3820……

〈イケニエの法則〉

1 1 2 3 5 8 1 3 2 1 3 4 5 5 8 9 1 4 4 2 3 3 3 7 7 6 1 0 9 8 7 1 5 9 7

1	1	2	3	5	8	13	21	34	55	89	144	233	377	610	987	1597

黄金分割

1	1	2	3	5	8	13	21	34	55	**89**	144	233	377	610	987	1597	
	1	1	2	3	5	8	13	21	34	**55**	89	144	233	377	610	987	1597

ｳﾗ黄金分割

		1	1	2	3	5	8	13	21	**34**	55	89	144	233	377	610	987	1597
1	1	2	3	5	8	13	21	34	55	**89**	144	233	377	610	987	1597		

この値を角度であらわすと、０．３８２×３６０＝１３７．５２　約１３７度になる。

マヤはそう簡単には納得できず、数字を左右に動かしては、なにかトリックが隠されているに違いないと、疑いの目をむけていた。

「この『イケニエの法則』は、渦を巻く貝殻から、螺旋を描く植物、ヒトのＤＮＡ、そして渦巻き銀河に至るまで、すべてを貫いているのだ」

「イ・ケ・ニ・エ……？」

そして、この物騒な「イケニエの法則」という名前の由来は、自らを投げだすことによって、次の世代を作りだしてゆくという、究極の自己犠牲によって、宇宙は創造され続けていることを物語っているという。それは、エゴが消滅し、一なる宇宙へと溶けこむことを暗示しているのだという。


シンハの翻訳によれば、この古ぼけた紙切れに書かれている数字には、宇宙共通言語でもある比《ひ》にのっとった、美しい詩が書かれているらしい。

「幼い獅子よ、この紙切れに書かれた数字は、天空の詩でありオマエの設計図でもあるのだ。重要なのは比率であり、その共鳴効果を利用して、人体のプロポーション、ＤＮＡのコード、そして魂の形態までも、宇宙の法則に呼応させることなのだ。ここに記されている共鳴効果を利用して倍音を響かせ次元を超えていくのだ。

オマエがいうところの、エリア#1〜#12を惑星図書館、エリア#13を恒星図書館、そして、22を超えたところに銀河図書館があり、その先には超銀河図書館がある。この紙に記された数字には、22を超えるためのアクセスコードが書かれているのだ……。

ともあれ、地球人類は今、一つのサイクルの終わりを生きている。たしかに、オマエたちに残された時間は少ない。しかし、この建造物、この宇宙モデルのなかで唯一、ときにさらされないエリアがあることを忘れないで欲しい。『ゼロポイント』で、なにが起きるのか。地磁気が『ゼロ』になり、脳の検閲がすべて排除された後、どういう世界が広がっているのか。集合意識を無傷のまま次世代に受け渡すにはどうすればいいのか。その任務を果たすために、オマエたちは今というときを選んで、惑星地球にやってきたのだ。

そして、オマエたちの時間が礎《いしずえ》になり、次なるサイクルを造りだす足場となっていることを憶えておいて欲しい。オマエたち一人ひとりの意識が、次なる世界の礎となるのだ。このことだけは決して忘れるな。宇宙は、われわれの『意識』で構成されている……意識の集合体こそが、宇宙なのだ！」

《第3の式》
「ついに、ワガハイの講義も終わりだ。さあ、最終試験を開始しよう。この問題に正解できたなら、時空を飛び超え、好きなところへいくがいい。ただし答えは三回まで。それをすぎれば、オマエは永遠に、この地下世界にとどまることになる」シンハは唐突にそういった。

「試験があるなんて聞いてないですよ……でもなぜ、答えは三回なんですか」マヤは驚きを隠せなかった。

「幼い獅子よ、呪文は三度くりかえされるのだ。オマエの名前は、この領域内においては魔師でもあるということを、忘れないで欲しいものだ……」シンハは喉をゴロゴロ鳴らしながら話していた。

「試験問題は第三の式についてだ。この連立方程式の、第三の式を完成してもらおう。この式を完成させ、この式を真に理解し実行できたときに、太陽の国へのプログラムが作動するのだ。第二の式すなわち、Z＝1／137を携え太陽の国の扉を開けるがいい」

「第三の式……？」マヤは紙切れに残された指のあとを見つめながら、しばらく考えていたが、いつまでたっても何も思い浮かばなかった。

「ヒントはないのですか。紙には指の跡しかついてない」

「仕方あるまい。ヒントをあげよう。これは指の跡ではなく数字なのだ」

「数字？　これは……指の跡でなければ、1かな？　わかった。答えは11111？」

「不正解」シンハの冷ややかな声が響いていた。

「もっと特別なヒントはないのですか？」

「オマエはこの領域内では、分割する力だと言ったはずだ」

「わかった！　答えは、1＋1＋1＋1＋1＝5だ」

「不正解」シンハの凍りつくような声と呼応するように、あたりは急速に寒さを増してゆく。このまま温度が下がりつづければ、凍りついた世界に閉じ込められてしまうような予感がしていた。そして、どこからともなくヒタヒタと近づいてくる龍の気配がする。


……これはマズイことになってきた。次の回答が間違っていたら、この地下世界から永遠にでられなくなってしまう。

シンハがいうには、この領域を訪れゼロ時間にはまったまま、元の世界へ帰れなくなってしまう者の数が、最近急増しているという。シンハの背後に見え隠れしている屍《しかばね》の山と、このところ宇宙図書館が、やけに混雑していることは、なにか関係があるのだろうか。


「シンハ、もっと直接的なヒントをください」

「ヒントは……第一の式だ。つけ加えるのは数字ではなく記号である。カッコのなかにある二つの力を同等にせよ。二つの力が真の意味で統合されたとき、太陽の国の扉が開くのだ」

「その言葉、遠い昔のどこかで聞いたことがあるような気がするけれど……」

「……仕方あるまい、最終ヒントをあげよう。オマエが書いた第一の式のなかに、答えの記号が入っている」

「答えの記号？（9＋13）＋1……カッコとプラスと、カッコとプラス？

……わかった。答えは、（11＋11）＋1＝22を超えてゆけだ！」


「その通り。さあ、旅立ちのときがきた。オマエが目指す太陽の国へと向かうがいい。この糸を命綱にして、恐れず太陽の国を目指して進め。道に迷いそうになったなら、命綱を結び直し、この人生だけではなく、永遠不滅の魂があることを思い出すがいい。さあ、我が足元を超えていけ」

シンハは、青みを帯びた銀色に輝く蓮の糸をマヤに手渡した。それは縦糸と横糸が交差した紐状のもので、糸の先にはライオンのシッポのような形をした12個の結び目がついている。

マヤは命綱を何重にも腰に巻きつけ、アヌビスからもらった石を強く握り締め、光のなかへと入ってゆく。

「獅子として生まれた者は、獅子として生きよ！」そう叫ぶシンハの声が、遠くで聞こえていた。


色とりどりの光を順番に昇り、ゆっくりと息を吐きながら、二つの引き合う力を共鳴させ、同調点を探した。二つの力を完全に統合させ、自分の力を信じて目の前に広がる渦巻きに、今度は迷わず飛び込んだ。

第6章　太陽の国へ

《黄金の石》

目の前には大海原が広がり、果てしなく青い世界が続いていた。くだけ散る波は切り立つ絶壁に衝突しながら、白い飛沫をあげている。

あたりを見渡してみたが、青いピラミッドも、朽《く》ち果てたアンコールも見あたらなかった。

ふと背後をふり返って見れば、命綱にしていた銀色の糸が、青白い光を微かに放ちながら、シッポのように垂れさがっている。それは、クモの糸のようにキラキラと輝き、はるかかなたまで延々とつながっていた。

銀色の糸は、あたりの景色に吸い込まれるように、遠くの方から徐々に薄くなり、ついには腰に巻きつけてあった命綱さえ、風のなかへと溶けていった。

頼るものを失った心は、恐怖と怒りと悲しみが交差し、魂の深淵からフツフツと込みあげてくるものがあった。

「時空の隙間に落ちた？　もう、元の世界には帰れないかも……」

一瞬、マヤは石のうえに横たわっている自分の姿を、はるか上空から見おろしているような気がした。こんな場所で死んだら、亡骸《なきがら》が発見されるには、かなりの時間がかかるに違いないと妙に醒めた目で眺めていた。

「……これは夢だ。夢のなかの出来事なんだ」

幻影をふり払うように、マヤはあてもなくフラフラと歩き始めた。しばらくさまよっていると、この世界には自分以外、誰ひとり存在していないことに気がついた。あたりには桃の甘い香りだけが、ほのかに漂っている。

アヌビスにもらったヤジリを太陽にかざせば、幾千もの虹色の光が遠い記憶のかなたを照らしだし、ヤジリを耳にあてると懐かしい声が語りかけてきた。

マヤは閃いたように、アヌビスから送られた「ゼロの神秘」のファイルを開き始めた。そういえば、アヌビスは言っていたではないか。太陽の国についたら、ゆっくりと、このファイルを読むようにと……。

ＺＥＲＯ＝－１＋１、－２＋２、－３＋３、－４＋４、－５＋５、－６＋６……

しかし、ファイルの中身は、延々と同じパターンを示す数字が羅列されているだけだった。ゼロの神秘などと言って期待を持たせておきながら、ファイルのなかには当然のことしか書かれていなかったことに、マヤは腹をたてていた。しかも、この単純な式を果てしなく書き連ねていたことが、ますます許せない。

マヤは頭にきて、古ぼけた紙切れをグチャグチャに丸め、そこらにぶん投げてしまった。すると、どこからともなく目の前に一匹のヘビがあらわれ、身をクネらせながら転がる紙玉を追いかけてゆく。ヘビに横取りされてしまうのが急に惜《お》しくなり、マヤはヘビを踏みつけて、丸めた紙を拾いあげた。ヘビは龍の姿にかわり、「チッ」と舌を鳴らし、あきらめたように去ってゆく。マヤは勝ち誇ったように紙玉を拾いあげると、その表面には『Z』の文字が見えている。

「あはは、ゼットだ……ゼット」なにがおかしいのか、マヤは笑いが止まらなくなっていた。ゲラゲラとお腹をかかえて笑っているうちに、突然、脳裏に閃光が走り、「ゼロの神秘」の詳細を一瞬にして解読したのだった。

【注釈】ゼロの神秘

ゼロとは、なにもない状態を指すのではなく、すべての数字を含むことができる、最大の数字であり、もっともパワフルな数字である。プラスとマイナスの数値が等しく、完

図形で表現したゼロポイント

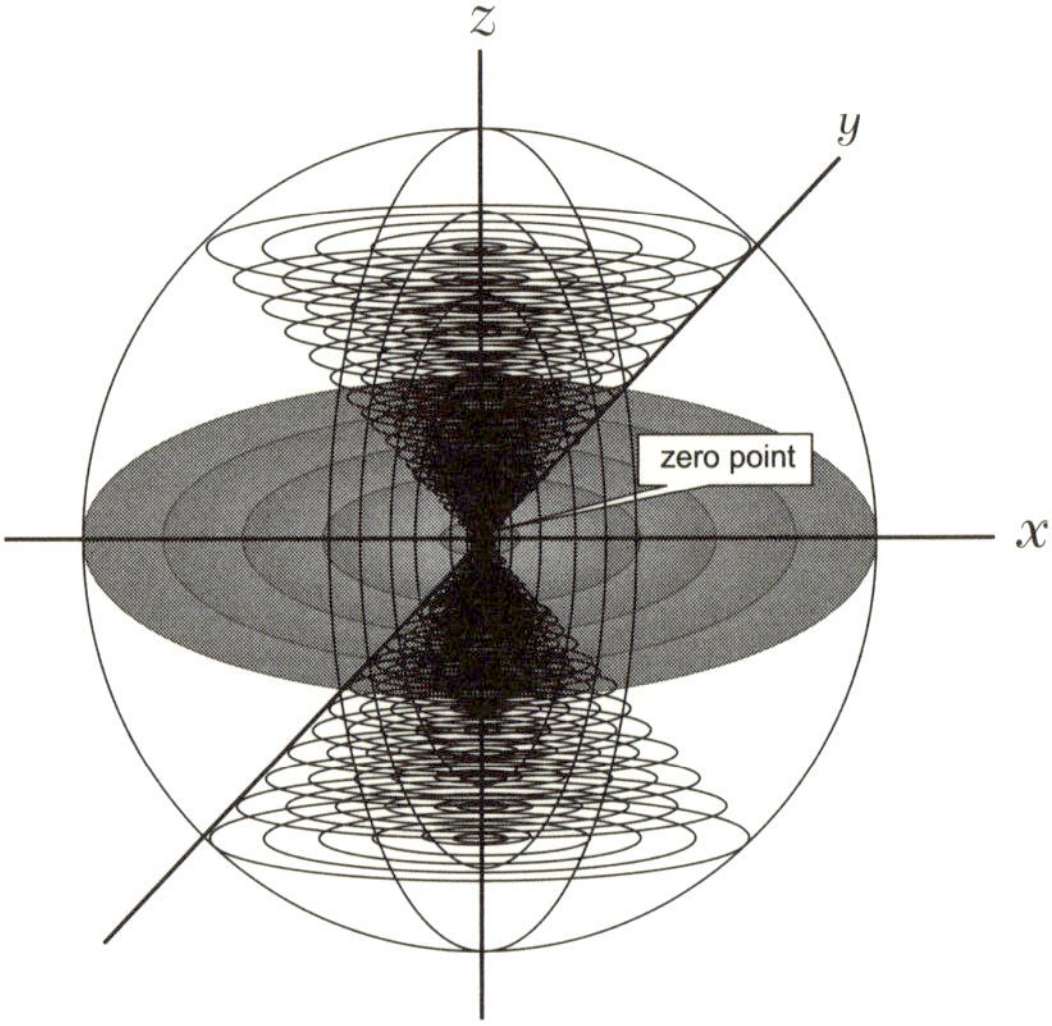

【解説】

図で見るように、３次元おけるすべての基本は球体でありその核の部分がもっともパワーを秘めたゼロポイントとなる。つまりこの球体を人間の脳と置き換えれば、脳の中心部分に意識を集中させることにより、ゼロポイントの状態に入ることが可能となる。

全にバランスのとれた状態を表現している。

たとえば真空状態というのは、なにもない状態ではなく、プラスとマイナスが同量存在していることを意味する。「心をゼロにする」という言葉は、心を空っぽにするのではなく、相反する正負のバランスを完全なる一点に束ね、そのゼロポイントを探すこと。プラス思考でもなく、マイナス思考でもない、その中央に位置する不動の領域こそが、ときにさらされることのない永遠の場所なのだ。ゼロポイントとは、過去でも未来でもない、今という瞬間にある。人は過去にも未来にも生きることができない。そして、今という瞬間は、すべての過去とすべての未来を同時に含んだ、もっともパワフルな瞬間である。

マヤは歓びを抑えきれず、丸めた紙を開き始めた。そして、この紙に書いてある数字のうち、一ヶ所だけ書き忘れがあることに、ようやく気がついたのだった。

1, 1, 2, 3, 5, 8, 13, 21, 34, 55, 89, 144, 233, 377……

一番最初に、「ゼロ」という数字が抜けていたのだ。マヤは古ぼけた紙切れに、「ゼロ」を書き加え、満足そうに空を見あげた。

そのとき、青い海が真っ二つに割れ、巨大な半円ドームがあらわれた。ドームの前には狛犬にも似た石像が、たたずんでいる。どこかで会ったことがあるような懐かしい顔つきだったので、おもわずマヤは石像に駆け寄り、条件反射のように、その爪先に手を乗せていた。

「……ここは太陽の国ですか？」

「ここはニライですよ」黄金に輝く石像は、どこまでも陽気な声で答えた。

「未来？　やった、時空を超えたんだ。ついに未来にきたんですね」

「……あなたは、どこからきたのです？」

「エリア#13から青いピラミッドに到着して、そこからアンコールにいって、そして未来にきたのです。そういうあなたは誰ですか？」

「ワタクシはシーサ。境界を守る境界石です」

「シーサ……？　アヌビスが言うには、東のかなたに太陽の国があると。でもシンハは、太陽の国はもう地上にはないと言った。だからときを超えてきたのです。過去に戻ろうと思っていたのだけど、間違えて未来にきてしまったのですね」

「ここは『ニライ』です……まあ良いでしょう。同じようなものですから。あなたは理解できないかもしれませんが、時間とは反転するものです」シーサは明快な声で語った。

「時間が反転するって、どういうことですか？」

「ごくごく単純に表現すれば、『鏡面現象』のことですよ。時間とは行ったきり戻ってこないのではなく、心臓が拡張と収縮を繰り返すように、吸い込んだ息は吐きだすように、過ぎ去った時間は必ず戻ってくるものです。

他者に復讐心《ふくしゅうしん》を向ければ、その力は発信者を滅ぼしてしまうでしょう？　このことは、目先の人生だけを考えていては、到底理解できないかもしれませんが、人生とは一度きりではなく、幾千も続く魂の世界を知れば、あなたにも理解できるはずですよ。あなたがたは、他次元の存在と空間を共有しているということを知れば、もっと自らの行動に対する責任感が生まれることでしょう」シーサは突然、輝きを増していた。「そうですよ、あなたにもこういう経験がありませんか？　過去のどこかで、ご自分が言った言葉に、今生で出合う瞬間、雷鳴にも似た轟きを全身で感じることを。まさに時間が反転するとは、そういうことですよ」

「時間は時計の文字盤のように、円を描いているのではないのですか？」マヤは宙に右回りの渦巻きを描いた。

「いいえ。時間とは平面的な運動ではなく、何層にも重なりあい、互いに連動しあっているのです。3次元的に表現してしまえば、時間とは直線的に進むのではなく、円運動を繰り返し、その円も螺旋状に進んでいるのですよ。からみつく二本の螺旋が、∞（インフィニティ）を描き、別々の方向へ向かうようなものです。ひとつの渦巻きは過去へと向かい、もうひとつの渦巻きは未来へと向かうのです。もし、過去と未来という概念がわかりにくければ、ひとつは調和へと向かい、もうひとつは混沌へと向かうと、いいかえてもかまいません。

そして、あなたの魂は、その交差地点に存在し、交差する地点は時間も空間も超越しているのです。魂レベルで考えれば、この宇宙には時間など存在していないのも同然です。いわば、二重螺旋の真ん中を貫く銀色の糸が、あなたの魂の道です」

「タマシイの道……。銀色の糸はシンハが蓮の糸で編んだ命綱《いのちづな》のことではないのですか」

「魂の道とは、あなたがたの肉体にたとえれば、脊椎のようなものです。重要なことは、交差しているという事実です。ワタクシの言っていることがわかりますか？」シーサはマヤの背後を、しきりに見て、なにかを読みとろうとしている。「過去と未来が交差する場所、夢と現実が交差する場所に、あなたがたの魂は存在しているのです。今は完全に理解できなくても失望することはありません。ときがくれば、すべてわかることとです」

「交差って、座標軸のことかな……」マヤは古ぼけた紙切れに書かれた文字と数字の交差する点を、しきりに探していた。「でもシーサ、どうしたら太陽の国に行かれるのかな？」

「これ以上先へは、今のあなたの能力では行かれません」あまりにもアッサリと言いきられてしまったので、マヤはさほどショックは受けなかった。

「せっかく、ここまで来たのに残念だなあ」

「失望することはありませんよ。いずれ太陽の国に行かれる日が、あなたにも来るでしょう」

「どうせ、今回の人生ではムリなんでしょ?」マヤは少しふて腐れていた。

「いいえ、あなたにもまったく可能性がないわけではありません。

それでは、あなたに、宇宙の仕組みを解《と》くヒントをあげましょう。たとえば、難しいテスト問題を、試験開始の直後に解こうとしても、さっぱりわからなかったと仮定します。それがテストの終了間際になって、突然答えが湧いてくることがありますね。それは、あなたの頭が急に良くなったのではなく、大勢の人が解いた後の問題は、以前よりも解きやすくなるからです。わかりますか?」シーサはマヤの瞳を覗き込んだ。

「……えっ。そんなことって本当にあるの」

「それが宇宙の仕組みを解く鍵なのです。

いいですか、たとえば、同じことをテーマにした研究所が、世界各地にあると仮定します。一つの場所で実験が成功すると、たちまち他の研究所でも同じ実験が成功するのはなぜでしょうか? 前人未到の記録であっても、誰かひとりがその記録を突破すれば、そのあとは、その記録に到達するものが、次々とあらわれるのはなぜですか。

たとえば、同時期に同じ新種の細菌を発見したり、ときを同じくして似たような思想のものが、場所を超えて大勢あらわれるのはなぜでしょうか？

一晩に、同じ夢を見ている人が複数いるのはなぜなのでしょう？

ようするに、後は跡だからです。わかりますか？

では、もう少し身近な例で説明しましょう。たとえば、ある国が短期的に高度成長したとします。たしかに人々の努力は認めますが、しかし既にフォームが確立している他者のマネであれば、短期間に進めるのは当然です。その証拠に追いつくことはたやすくとも、追い抜くことは容易でありません」

「……それは日本のことかな。なにか話がすりかえられているような気がするけれど、宇宙の仕組みを知れば、そういうことですね」

「あなたがたの努力を、否定するつもりはありません。基本的にわれわれは、否定的な見解を持ちません。ただし、ひとつだけ警告しておきましょう。あなたがたが目指した文明の影で、犠牲になったものの存在を、決して忘れてはなりません。戦争に負けたが、経済的に豊かになったと、あなたがたは主張しますが、はたしてその言葉は真実でしょうか。その国は戦争に負け、物質消費社会の奴隷になったにすぎないのかもしれませんね。しかも当人たちが、奴隷になったことにまったく気づいていなければ、自覚症状がない分、ますます壊滅的なことに違いありません。あなたがたは、物質至上主義という毒を飲まされ、自己判断もつかないほど、中毒症状を引き起こし、自らの本質を歪めてしまっているのかもしれませんよ。

　ではもう少し簡単な例で説明しましょう。たとえば、平坦な土地に最初に流れる水は、多くの時間と労力を費やし『跡』を刻みます。しかし完成した水路を『後』から進むことは、たやすいのです。わかりますか？」


「そうか！　大勢の人が太陽の国にいかれるようになった後なら、わたしの能力でもいかれるってことですね」

「その通り。ただし、大勢の人が太陽の国を目指さない限り、あなたの考えは異端でしかありません」

「それって、悲しいね……」マヤは小さくつぶやいた。

「いいえ、異端を悲しむことなどありません。たしかに世の中が平和なときは、無駄なことをしている単なる変わり者、または生産性のない無益な存在でしょう。ときには反逆者のレッテルを貼られ、迫害を受け、命を奪われることさえもあるかもしれません。しかし、乱世においては活路を切り開き、人々を先導する役目を担うのです」

「そんなアブナイ役目は、まっぴらだよ！」マヤは声を裏返し大声で叫んでいた。その声は現世のマヤだけではなく、脈々と続く過去世の記憶が一斉に反乱を起こしているようにも見えた。

「あなたがどう思おうと、魂の渇きには勝てないでしょう。獅子として生まれたものは、獅子として生きることが、一番自然なことなのです。ご自分の魂の目的にも気づかず、生まれる前にたてた計画書の存在も知らずに、ラクに生き延びることだけを追求している人生の方が、よっぽど悲しいことだと思いますが……？　あなたは、前回の生涯が終わるその瞬間に、もう二度とこの惑星には戻ってこないと宣言していたというのに、なぜその言葉を撤回してまで、いま地球にいるのでしょうか。惑星地球で開催されるパーティーの招待状を受け取ったからですか？　そのパーティーは、いつ催《ひら》かれるのですか？　仲間たちはその約束を憶えていると思いますか？　そのパーティーであなたは誰と踊るのですか？

思い出してください。人にはそれぞれ、この世にやってきた目的があるものです。人にはそれぞれ、宇宙から与えられた特別な使命があるのです。その人にしかできない固有の役割があるはずです。しかし、あなたがたはその能力を知ることもなく、固定観念に縛られ、取るに足らない目先の虚栄心に振りまわされ、一生を終えてしまうのです。

そして、あなたはガイドによるレッスンのなかで、光の糸の存在を知ったでしょう。人々の思考も、光の糸でつながっているのですよ。ただ、あなたがたの精神は、それを認めるほど成熟していないのです。

いいですか、もう一度いいます。宇宙はすべて光の糸でつながっているのです。夢やインスピレーションとは誰のものでもない、宇宙の共有財産なのです。わかりますか？

宇宙の共有財産に、なぜ所有権や縄張り意識が生じるのでしょうか。あなたがたが新しいと思っている発想や発見も、宇宙空間から寄せ集めたものを、単に公式化したに過ぎません。あなたがたは直観や閃きが、どこからくるのかもわかっていないのです……」

「でも、アヌビスとシンハが教えてくれた。紫外線のそばにある透明な螺旋が情報層だって……。直観がどこからくるのかわかったよ。飛行機に乗っているときや、ウトウトとまどろんでいると、突然どこかから膨大な情報が流れ込んでくることがあるよ。ラジオを聞いていて、いきなり無線の音が飛び込んでくるようなことが起きる。そんなときは、頭のてっぺんにバリバリと電流が走るんだ。まるで空から降ってくるみたいに、突然やってくる。以前からそれが不思議だったけれど、なぜそうなるのかわかったよ。二つの引き合う力を共鳴させるんだ。ほら、突然なにかを閃いたとき、ハッと斜めうえを見るよね。

ひょっとして、情報層は斜めうえに存在していて、たえず地上に降りそそいでいるのではないかな。引き合う二つの力を共鳴させ、その情報をキャッチするんだよ。だから、必要としている人のところに、必要な情報が届けられようにできている。からっぽの『ゼロポイント』には、片割れの半分が引きよせられるんだ。

ほら、斜め45度の角度にある、磁気を帯びた光の糸、あの耳鳴りのような音のことでしょ。

光の糸の振動音に、細胞を同調させればいいんだよ」マヤは夢中で話していた。

「あなたの言葉は、表面をすくいとった、うわずみ液でしかありません。なぜなら言葉の背後にある真の意味を理解して、それを実践していないからです。言葉ですくえる表面など、宇宙の大海に比べれば、消え去る泡のように、はかないものです。わかったつもりになった時点で、あなたの心は翼を失い、転落の一途をたどるものです。あなたがたは、なぜ音程が狂い、惑星地球と調和を保てないかわかりますか。それは言葉と行動……言葉と心……が一致していないからですよ。

光の糸を一段いちだんのぼるとき、あなたは何層にも重なる別々の世界を見ることでしょう。幾重にも重なりあう世界は、人生が何度もくりかえされているという事実を、思い出させてくれるでしょう。無限の宇宙を知れば知るほど、命の脆弱さに気づくのです。

必要なのは知識だけではなく、いかにそれを実行に移せるかなのです。知識を持ちあわせていないよりも、知りながら行動に移さない者の方が、どれほど愚か者か、あなたにはわかりますか？

自分のことは棚にあげて、知っておきながら行動する意志がなければ、知らないのと同じことです。いいえ、もっとヒドイことです」シーサは突き放すように言った。

「でもねシーサ、世の中には実行できることばかりではないよ。それに、理想を掲げてなにが悪いの。おかしかったら笑ってもいいよ。未熟な原始人だと笑えばいいよ。誰がなんと言おうと、わたしは夢見ることをやめないよ。夢の調査を続けていけば、潜在意識というものを解き明かせるはずだし、超意識にだって辿り着けるはずだもの」

「残念ながらあなたの考えは、いまの文明では異端でしかありません」

「異端でもいいよ。わたしは人からなんと言われようと、真実が知りたいだけ。他人に理解されることなんて望まない。ただ宇宙の真理を知りたいんだ。声なき声で語られる真実というものは、同時代の人の耳には届かないのかもしれない」マヤは自分にいい聞かせるように言った。

「でもね、わたしが太陽の国に行かれなくても、太陽の国へ行く能力のある人に、このことを伝えることはできるでしょ？　それに今こうやって考えていることも、光の糸でつながっているのなら、誰かの心に引っかかるかもしれないよ。誰か一人でもその考えを持てば、それは人類全員の記憶になるんだ！」

「もし、あなたが探し当てたものが、心ない人々に悪用される危険があったとしたならば、あなたはどうしますか？」シーサは諭すような声で話した。

「えっ？　それなら……危険が去るまで、封印しておく……」

「そうです。ときがくればすべてわかりますよ。

しかし……あえて忠告しておきましょう。今のあなたの精神状態で、太陽の国を訪れることは、あなたにとって必ずしも歓びとはいえないのです。正確に表現すれば、太陽の国に行かれないのではなく、太陽の国へ行くことを、あなた自身が制御しているのですよ。あなたは記憶を封印して、自分で固く鍵をかけているのです。

脳の検閲機能のことで、おもしろいことを教えてあげましょう。頭蓋のなかにある脳は3層になっていて、頭蓋の外にも脳と呼ぶべきものがあり、それぞれの境界線に門番が鎮座しているのですよ。その門番とはアヌビスやシンハ、そしてワタクシ、シーサでもあり、実はあなた自身でもあるのです。参考までに、あなたの頭上をモニターして見ると、門番は少なくとも7人は存在しています。最低でも7層の領域と7人の門番、その7つの扉を突破しない限り……7種の脳の検閲機能を超えない限り……宇宙の真理には到達できません。強い心を持たない限り、宇宙の門には辿りつけないようになっているのです。

調和と分裂は常に背中合わせに存在するのです。いまの精神状態で宇宙の真実を知ることは、あなたにとって危険なのです。わかりますね？

真実に耐え切れず、あなたの心は間違った方向に進み、軌道から外れてしまうかもしれません。あなたは恐怖におののき、狂気に走るかもしれません」シーサは泣き叫ぶ子供を、なだめるように言った。

「べつに狂ってもいいよ。すでにわたしの人生は狂っているのかもしれない……。正直に言うよ。わたしは社会から脱落した人間で、軌道からすでに踏みはずしている。直観や閃きを信じたり、耳鳴りに乗って宇宙図書館に降りてゆくようなヤツは、シーサの言う通り、いまの社会では異端だよ。

青いピラミッドの話をして、誰がまともに信じてくれると思う？

スフィンクスが二つあるとか、ピラミッドは鏡面とか、アンコールの地下には、はるか昔の叡智が眠っているなんて、いったい誰が本気で信じるの。それに、学校も病院もゼロ磁場じゃない場所に建っているから、行きたくないなんて理由になると思う？

どうせ科学的根拠のない、たわごとだと言われるだけだよ。ウソつき呼ばわりされて、いつだってわたしは厄介者扱いなんだ。くだらないことばかりやっていないで、もっと生産的で、ましなことをやれと、いつも言われているんだよ。

『夢の調査』なんて、そんな寝ぼけたことやっていて許されるわけ？

……まるでこの世は悪夢だよ。結局どこまでいっても、自分の居場所なんか永遠に見つからないんだ。そもそも、この惑星でわたしはよそ者なんだもの……。

聞いてよシーサ、わたしの肉体はいま、神社の石のうえに座っているんだよ。なのに、この領域で起きていることを、どうやって説明したらいいの。説明する言葉を教えてよ」マヤは真剣な顔でシーサに詰め寄っていたが、諦めたように小さな声になってゆく。「でもねシーサ、人の流れに逆行するようなヤツは、川底に沈むんだって。うまく渡れないヤツは、世間の波にのまれて溺れ死ぬって担任は言っていたよ。たとえ川底に沈む石になってもいいから、真実の近くで生きていきたい……。それすらも、今のわたしには許されないのですか？」

「あなたの言動を見る限り、人間はいまだ幼年期の精神構造しか持ちあわせてはいないようですが、そんなフヌケた心では、とても宇宙の荒波へと漕ぎだすことなどできませんよ。脳の検閲機能や境界というものは、あなたにとって足枷《あしかせ》というだけではなく、命綱でもあるのです。光の繭《まゆ》のように、赤子をつつむ揺りかごでもあるのです。あなたの心がバランスを失ったときにあらわれる伝説の龍は、あなたの良き保護者でもあるのですよ。あなたにとってキケンな夢を龍は食べてくれるのです。あなたがまだ受け取る準備ができていない情報を、水に流してくれる存在でもあるのですよ。

たとえ西側に停滞していた太陽が、東に戻ったとしても、片方に固執していては、同じことの繰り返しです。心がバランスを失えば、あなたがたは不調和の餌食となり、なんでも他者のせいにするでしょう。調和を忘れたとき、あなたがたは破滅へと向かうのです。

心が真実を見抜かない限り、宇宙の門にはいかれません。世界をよく見てください。正しい方向を示す石が、いろいろなところに残っていて、あなたがたの発見を心待ちにしているのです」シーサは熱いまなざしでマヤを照らしていた。

「宇宙の門？　正しい方向を示す石……？」

……青いピラミッドのことだろうか。朽ち果てたアンコールのことだろうか。それとも海底に沈む、未発見の石があるとでもいうのか？

「真実は、あんがい身近なところに、無造作《むぞうさ》に転がっているものですよ。大切なものを隠すには、わざと人目につきやすい場所に置いておくことは有効な手段です。あなたがたは、単純な言葉の背後に隠された意味、比喩的な表現に注意しなければなりません。われわれが使う太陽の国という言葉も、あなたがたが実際に目撃している、目に見える太陽のことを指しているとは限りませんよ。

あなたがたは、その答えをすでに知っていて、ただ思い出せばいいだけなのです。比喩とは鏡に映った姿であり、物事を反転、転換させる作用があるのです。比喩とはある領域から別の領域へと移転すること、ある次元から別の次元へと飛び立つこと、次元を上昇させること、時空を旅することにもつながるのですよ。

もし、あなたにとって『宇宙の門』という言葉がわかりにくければ、光の門とか、光の渦と言いかえても構いません」

「光の渦……？　図書館の扉は渦を巻いている……」マヤは眉間に深いシワをよせながら、いつまでも考え込んでいた。

「そんな眉間にシワをよせていたら、なんにも思い出せませんよ。われわれの顔をよく見てください。あなたが必要なヒントは、われわれの顔のなかに隠れています」シーサは高らかに笑っていた。その陽気な声につられて、マヤも思わず笑いだしてしまった。シーサの眉間から青白い光が放たれ、その光はマヤの額めがけ螺旋を描きながら飛んできた。

突然、世界は輝きを増し、あたりはまばゆい光につつまれていた。太陽の光が眉間をまっすぐに貫き、刺すような痛みが光の輪を描いてゆく。それは、まるで生命を持つ光のように、次々と新たな光を生みだし、巨大な渦を巻いていた。光の渦が、一瞬静止したかと思うと、今度は逆方向に廻り始めた。

激しい閃光が走り、目の前には青いピラミッドが忽然とあらわれた。その頂上からは青黒い影が下界を覗き込んでいる。天空からは黄金の羽根が解き放たれ、ヒラヒラと左右に弧を描きながら舞い落ちてくる。羽根の裏には、見覚えのある文字や数字や幾何学模様が描かれていた。マヤは思いきり手をのばし、黄金の羽根をつかみ取ろうとする。文字はバラバラにほどけ奏でる音になり、その音の行方を追いかけているうちに、消された夢が逆回転を始め、その詳細を手に取るように思い出したのであった。

「夢を思い出しただけでは不十分です。新しい夢の解釈ができるようにレクチャーが必要でしょう？」

マヤは一瞬ためらいの表情を見せていた。消された夢の詳細もわかり、第三の式も解けたことだし、すでに食傷気味だったので、これ以上詰め込むのもどうかと思っていた。ほんの少しでも迷いが生じた場合はヤメにするという、宇宙図書館でのルールを完全に忘れ去り、好奇心のおもむくまま、シーサの言葉に同意しそうになっていた。

「あなたが不安にかられないように、あなたが現実と呼ぶ、3次元の世界を開示しておきましょう」シーサは前足で宙に渦巻きを描き、その向こう側に見えている現在の映像を覗くように言った。

「見てごらんなさい。あなたの肉体は石のうえに座り続けていますよ。あなたは異界へと旅立つ際に、頭上から舞い降りてくる羽根を目撃したことでしょう。その羽根が地面に触れた瞬間に、あなたの意識は肉体に戻り、無事に元の世界に帰還できるのです。あなたの超時空の旅は、すべて、羽根が舞い落ちる一瞬のうちに起きていることなのです」

《夢の解読》

シーサによる夢の解釈は、こうだった。

昨夜の夢は「立体のゼロ」の必要性を語っているという。プラスとマイナス、右と左、東と西、などという二元論的に進むのではなく上空からの視点の重要性を示唆していたという。

〈立体のゼロ〉

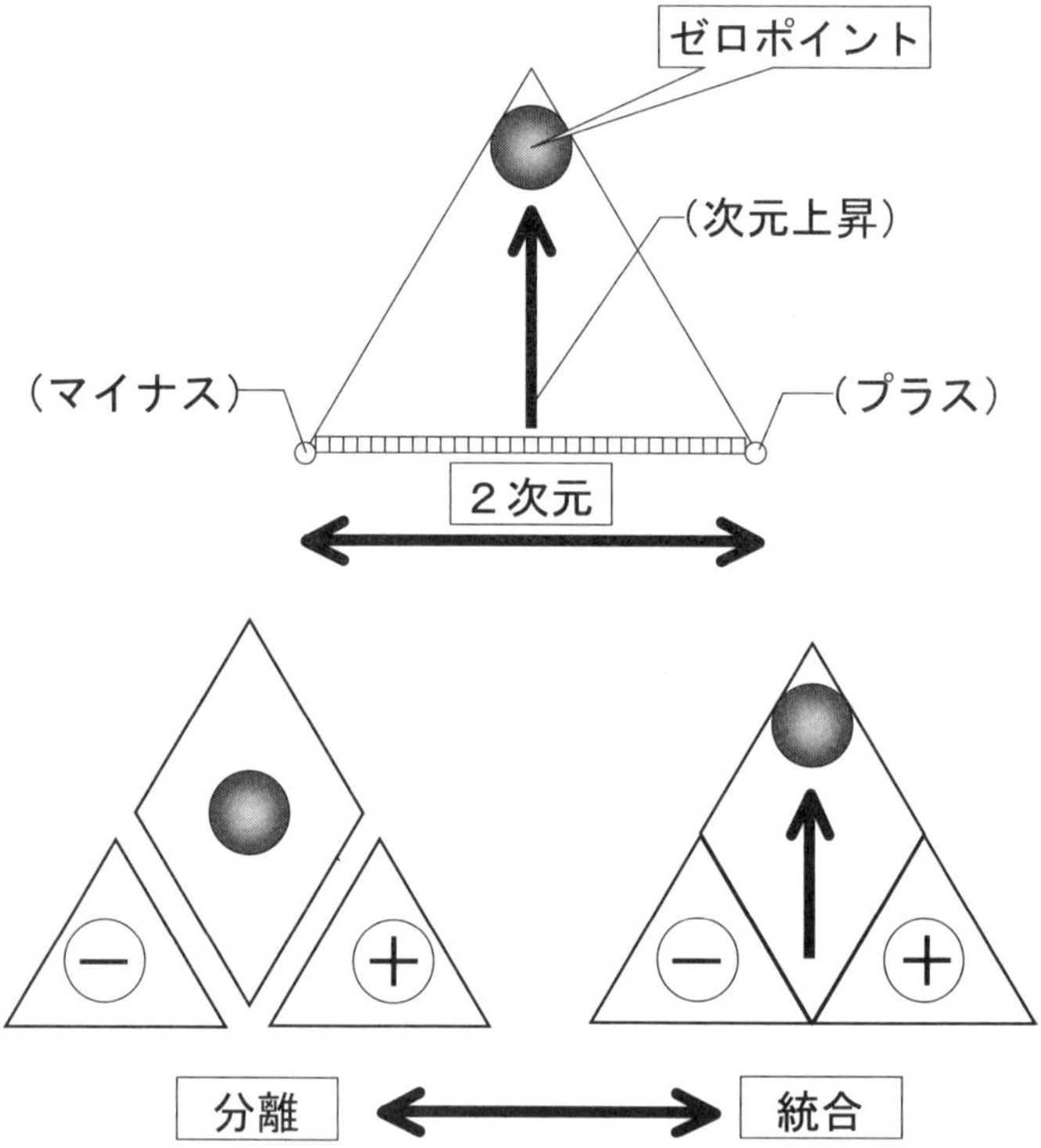

平面的に考えていては、ゼロにどんな数字を掛けても、ゼロにしかならない。そこには飛び超えなければならない境界があり、プラスからマイナス、マイナスからプラスへと向かう通過点としてのゼロではなく、2次元に埋もれない、3次元的なゼロの設定が求められている。なぜ青いピラミッドの頂上に、「ゼロポイント」を示すサークルが設定されていたのかというと、その真意は光円錐に象徴される次元上昇のことをあらわし、マヤがピラミッドの底辺部分しか造れなかったことは、3次元的な思考には到着してないことを意味していた。通常では、自分が存在する次元マイナス1次元の視点しか持ち得ないという。次元の扉を二つしか開けられなかったということは、たとえ過去と未来の扉を開け情報を読むことができたとしても、異次元で得た知識を地上へと持ちかえることができないこと。いうなれば宇宙図書館で検索した内容を惑星の進化に役立ててはいないことをあらわしていたという。それは三つあるはずの式の、その一つが欠けていたこととも関係があるようだった。

一番目の式：（9＋13）＋1は、今までの地球人類に架《か》せられた限界を超えてゆくことをあらわしている。

二番目の式：Z＝1／137は、未来において太陽の国の扉を開ける鍵になるという。

そして、第三番目の式が欠けていた理由こそが、現在というときにしっかりと足をつけていないことを物語っていたという。三番目の式を完成させ、その意味を理解したとき、はじめて太陽の国へ向かうプログラムが作動するというのだが、三番目の式は指の痕跡だけが残り、無残にもかき消されていたのだった。

また、ピラミッドを一緒に造る同志たちの到着を待っていたということに関しては、連綿と続く過去世の記憶をすべて束ね、未来の記憶と統合する必要性をあらわしていたという。しかし心の内側に起きることは外側にも起きることであり、同じときを選んで転生してきた仲間たちの到着を待っていたが、仲間たちは約束を忘れて眠りこけている、なんとなく落ち着かず、みんなそわそわし始めているかもしれないという解釈もあった。

たとえ約束を憶えていたとしても、コードが読めずに約束の地に到着できなかっただけかもしれない……とマヤは思った。

《結界》

「……さあ、これからあなたの質問に三つだけお答えしましょう。それより多く質問をすると、あなたは意識を保ったまま、元の世界には帰れなくなりますので、よくよく考えて質問してくださいね」

マヤはなにを質問するべきか決めかねていた。雑多な疑問がうねりをあげ、次から次へと浮かんでは消えてゆく。エリア#13の真相、脳の検閲機能と記憶のメカニズムについて、22とはなにか、137とはなんのことか。Zとはなにを指すのか。第三の式の意味とは。幼い獅子とは、ライオンとヘビの星とは、伝説の龍の正体は、そして、太陽の国はどこにあるのか……などなど。ここはどこ、わたしは誰などという寝ぼけた質問をしていたら、あっという間に質問が三つを超えてしまう。自分が知りたいことよりも、誰かの役に立ちそうなことを質問してみたいとマヤは思っていた。

「一つのクリスタルのまわりに、12個の水晶球が配置されている、『1＋12』の組み方について教えてください。それはエリア#13にもあるし、青いピラミッドにもありますが、地下世界の結界とも同じなのですか？」

「水晶の組み方によって、実にさまざまな機能があります。もちろん物質化を行なったり、邪悪な力から身を守る結界の役目も果たします。それ以外にもデータを保存するフロッピィとしても利用していました。石にホログラムを入力し、後世の人々にメッセージを残すことにも使われましたし、消去した夢の詳細を再生することも可能です。ワタクシが、この水晶に右足を乗せ、そしてあなたは左手を乗せる。これでダウンロード完了です。ただし、情報の翻訳方法は、光の言語を解読するか、脳の検閲機能を解除しなければなりませんが、ゼロ磁場に関する情報のなかに、脳の検閲がはずれるという項目があったことを思い出してください。ゼロポイントでは、脳の検閲機能が解除されるのです。

そして、ぜひ覚えておいて欲しいのですが、『1＋12』は受信専用です。石の配置によって、電磁場の発生パターンが変わります。送信時には別の組み方になります。しかし、自分の心をコントロールできるようになるまでは、送信には細心の注意を払わなければなりません。石組みの形は全部で3種類ありますが、それぞれ用途が違いますので、必ず使い分けてくださいね。その用途とは、受信、送信、そして両者を束ねたゼロポイント・エネルギーです」

シーサは突然話すのをやめ、クリスタルの組み方のファイルをマヤの眉間に送信した。それは、イメージ映像と、「1＋12」「1＋6＋6」「（1＋6）＋3×2」という式だった。

「しかし、なぜこの組み方が、ピラミッドの頂上やエリア#13という不可視の状態に保たれているのでしょうか。その真相を考えてみたことがありますか？

この石組みは磁気的な信号を発し、惑星地球の運行や、あなたがたの記憶を維持する役目を果たすのです。いわば惑星の軌道を太陽につなぎとめるように、あなたがたの記憶をバラバラにしないように、つなぎとめておく役割を果たすのですよ。

ご存知の通り、惑星地球は不安定な状態にあり、大きすぎる月にゆさぶられ、危ういバランスを保ちながら綱渡りをしている、といっても過言ではありませんね。

そもそも、この惑星地球の誕生秘話をお話しすると、あなたがいうところのエリア#6と#7のあいだを通る星が衝突し、その飛び散った破片が捕らえられ現在に至っているのです。このように不安定な軌道を守るための石組みは、不可視の状態に引きあげられ、この惑星上に50ヶ

〈クリスタルの組み方〉

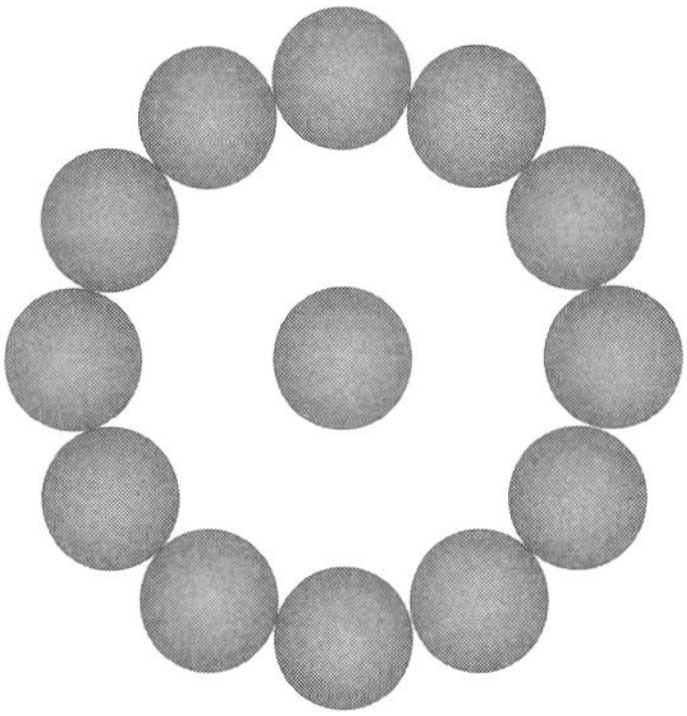

１＋１２（受信）

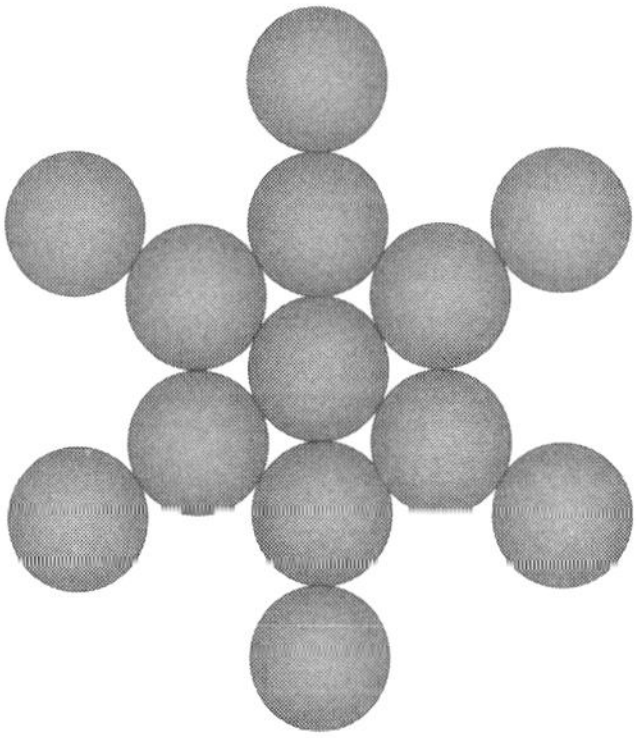

１＋６＋６（送信）

〈クリスタルの組み方〉 （前ページの続き）

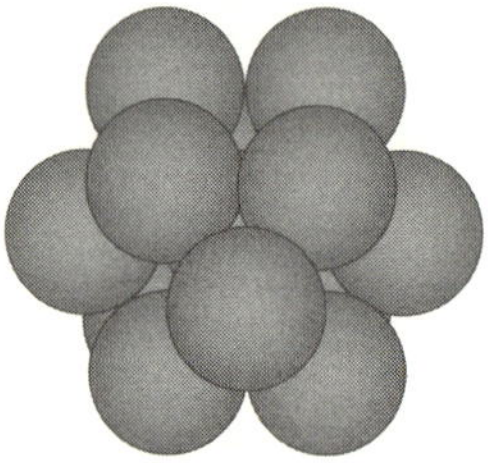

（１＋６）＋３×２（ゼロポイント）

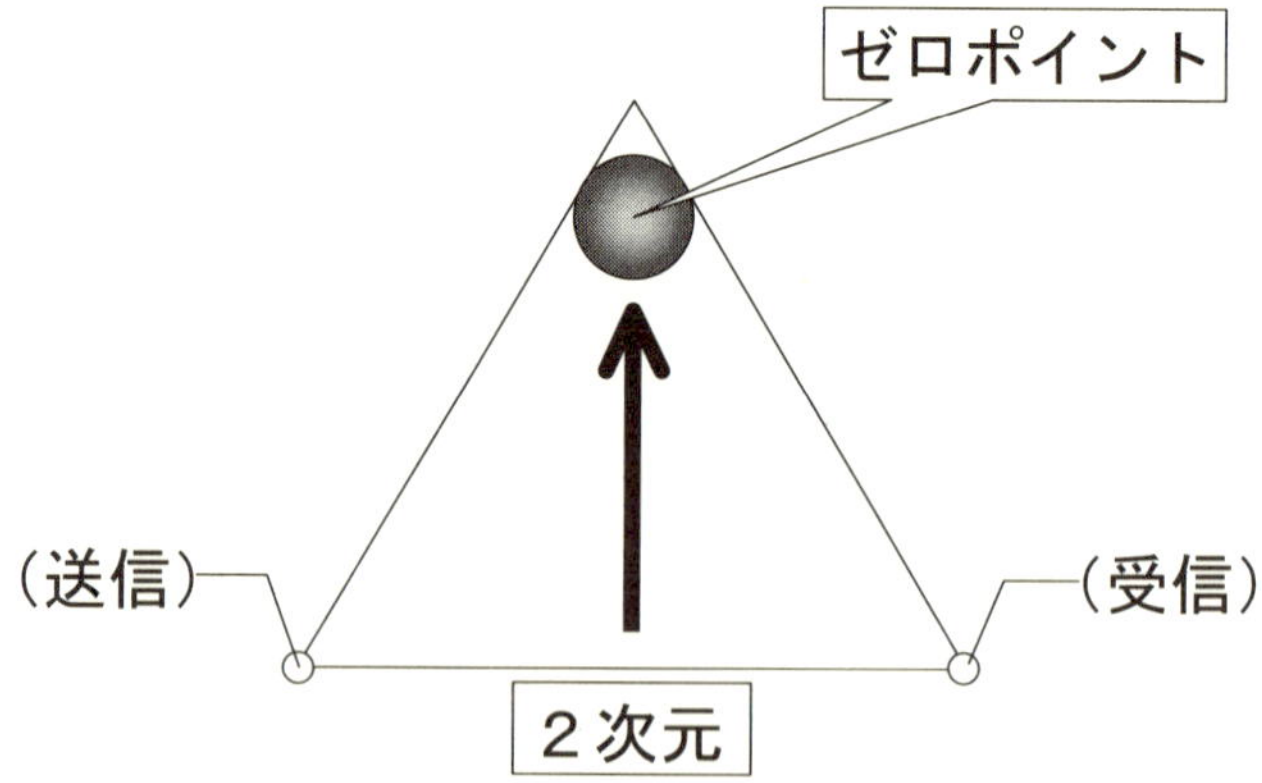

所、上空に22ヶ所、合計72存在しています」マヤの心を読み取ったように、シーサは話を核心へと近づけていくのだった。

「あなたは青いピラミッドの領域で、『意識の結晶体』でもある5つの立体を目撃したことでしょう。あの立体を地球儀のなかに入れてみましょう。その頂点が指し示すポイントが、あなたがたが探している場所なのですよ。ピラミッドという建造物が、ある特定の方位を示しているというよりは、巨大磁石のように惑星の軌道を守っている、と言ったほうが正確かもしれません。地上だけではなく、海底にピラミッドがあるかもしれませんよ。

そして、ここから先の情報に関しては、あなたに本当のことを伝えるべきか、判断しかねますが、あなたが地下世界から、無傷で帰還したことを考えれば……おそらく大丈夫でしょう。

9の神秘とは、鏡面世界のことで、地下世界とは、鏡に映った天空世界でもあるのです。あなたは、いったん地下の世界へと赴かなければ、13に象徴される天空の知恵は得られないのです。ここから先の話は、あなたの精神状態によっては、不調和のエネルギーに変わり、混乱を引き起こす可能性がありますが、どうしますか？」

「いいよ、続けて」マヤは不可視の状態にまでに高められ、目には届かない光の糸を結びなおした。

「あなたが持っている糸は、『キープ』と呼ばれている太陽の国の護符ですね。この領域では、計算用の紐として使われていますよ」

「ああ、これはシンハにもらった命綱で、ライオンのシッポが12個もついています」マヤは嬉しそうに房飾りを見せた。

「この領域においてあなたの波動は、勇敢な船乗り、誇り高き星の名前、そして、ネコの呼び名でもあるのですよ」

「ネコの？」幼い獅子の次は、今度はネコ呼ばわりされるなんて、どういうことだろうか。たしかに子供のライオンは、ネコのような鳴き声には違いないが……。

「……それでは解答を続けましょう。エリア＃13にある石組みについてですが、あれと同じ形のものが、あなたがたの脳の領域に刻印されています。もちろん不可視の状態にあるのですが、あなたがたの脳に司令を送る際に用いたり、あなたがたが磁気を受信するための装置でもあるのです」

「そのことなら知ってますよ。人間は磁気を受送信する電気的な存在だって。人間に与えられた仕事は、粗いものを繊細なものに変えて宇宙に返すことだって、シンハは言っていたよ」

「しかし、ここから先の情報を、冷静に聞いていただきたいのです。受け入れられない情報に関しては、あなたの判断で消去しても、笑い飛ばしてもいいですよ。

あなたがた地球人類は、もともと奴隷として造られた種族で、戦闘用、使役《しえき》用動物として遺伝子操作により誕生しました。

そして、奴隷が反乱を起こさないように、一人ひとりを監視するシステムとして、脳の領域に、このような刻印がなされているのです。いくらあなたがたが、『自由』『自由』と叫んだところで、しょせん奴隷として造られた種族であり、誰かの操り人形にすぎないのです。どんなに理性を保とうとしても、エリア#13から送られてくる指令には勝てないことでしょう。

戦闘用の奴隷も、使役用の奴隷も、どの方向に攻撃の矛先を向けるかの違いだけで、どちらにしても本来の『宇宙の民』が持っている寿命というものを、まっとうすることがないように仕組まれています。たとえば、より戦闘的な奴隷の場合は、自らを正当化しようとするあまり他者を抹殺し、その報復によって命を落としてゆくのです。また、戦闘的ではない奴隷は、自分のことを棚にあげ冷笑的になり、自分の内側に向かって攻撃を加え、自らの寿命を削ってしまうのです。どちらにしても、破滅／自滅のプログラムが作動するように仕組まれているのです」

「……なるほど、良くできたシステムだね。奴隷が反乱を起こさないように遺伝子操作をして、不当に寿命を短くしたわけか。だから、この紙に書かれた数字には、肝心な『ゼロ』が消されていた。わかったよ。寿命遺伝子の一部が引き抜かれているんだ。エリア#13を隠したのと一緒だ。

……でも、その監視システム壊れかかっているのではないかな。

このままだと、ときの終わりが近づけば、地球人類は一人もいなくなってしまう。そうしたら奴隷が一人もいなくなって困る人がいるのではないですか?」

「そうかもしれませんね」シーサとマヤはお互いに顔を見合わせ大笑いをしていた。

《言語》

「地球にはたくさんの言語があって、お互いにコミュニケーションをとることが大変です。一つの星に、こんなにたくさんの言語があるのはなぜですか。古い神話によると、地球人類はもともと一つの言葉を話していたのに、神々の怒りにふれてバラバラの言葉を話すようになったと。これはどういうことですか?」

「まず、一つの惑星に、複数の言語があるのはまれなことです。惑星地球には、さまざまな星から長い年月をかけて、多種多様の存在が入植してきたということを忘れないで欲しいのです。日夜くりひろげられている民族紛争は、惑星地球の統治権をめぐる権力闘争の名残といえるでしょう。別々の言語とは、異なる起源を持つ種族が、惑星地球には複数存在しているということも、その要因の一つに数えられます。

それでは、神々の怒りにふれて……という件について詳しくご説明しましょう。あなたがた地球人類のなかにも優れた者があらわれ、『創造種』の知識に近づくようになったのです。たとえば、遺伝子操作で造られた奴隷たちが、いつのまにか『創造種』の知識を得て、遺伝子操作を行ない、新たな生命を造り出そうとしている状況を想像してみてください。それを知った『神々』は、あなたがたの言語を混乱させたのです。

ことの真相は、あなたがたの脳を右脳と左脳に分断させて、脳の機能異常を引き起こすように仕組んだのです。左右の脳が別々の言語を話し始め、光の言語が理解できなくなり、お互いにコミュニケーションが取れなくなったことを、この神話は比喩的に表現しているのですよ。

地球人類は、いまなお進化の途上にいて、分割された脳は近い将来、調和することを占い神話は暗示しています。逆説的にいえば、左右の脳が調和しない限り、ヒトはこの宇宙で生き残ることが出来ません。境界を超え目的や意味をも超えた向こう側へと辿りつけば、あなたがたの意識は著しく進歩するでしょう。なぜなら頭蓋を超えた脳の領域には、宇宙の叡智が満ちあふれているからです。宇宙創世の瞬間から遠い未来まで、すべての情報が内蔵されているのです。宇宙図書館にいけば、今回の生以外の記憶を読むことができますね。それと同じことですよ。

あなたがたの脳には、すでにそれらの情報が織り込まれ、宇宙とつながることを心待ちにしているのです。左右の脳は共鳴しあい、調和を望んでいます。しかし、その場所へゆく方法がわからず、両者に共通の言語はなく、右脳は有効利用されていないのです。両者のあいだには深い溝があり、容易に渡ることができません。言い方を変えれば、忘却の川を渡らなければ、向こう岸へは辿りつけないということです。

ただ、一つ気をつけて欲しいことは、右脳、左脳などと、大脳ばかりに気を取られていては、本質的なことを見失ってしまいます。あなたがたの肉体の脳は三層になっていることを思い出してください。地下世界に眠るハチュウルイの脳は、あなたがたにとって重い鎖というわけではなく、地上にしっかりと繋ぎとめておいてくれる存在でもあるのです。この領域にアクセスできるようになれば、隠された秘密が明らかになるでしょう。

地底にしっかりと根を張らない樹木は、高く伸びあがることができません。地下世界を理解して初めて、天空の知識に触れることができるのですよ。それには、あなたがた一人ひとりが大地にしっかりと足をつけ、惑星地球と共に生きる決意をすることです。

そうですよ、あなたも、「眠れる龍」の伝説を聞いたことがあるでしょう。光と闇の龍を手なずけたときに初めて、宇宙の叡智に触れることができるのです。龍は天と地を繋ぐ架け橋となり、太陽の国への道を示してくれるのです」

「それでは、次にあなたがたの頭のてっぺんに、不可視の領域にまで高められたツノのようなものが立っていると想像してみてください。そのアンテナは宇宙の情報を、仲介者なしでキャッチできるのです。あなたがいうところのエリア#13に、誰でも自由にアクセスできて、欲しい情報が得られる。そんなことになったら、地球人類が奴隷として造られたことも、寿命を不当に短くされていることも、そしてなによりも脳が左右に分断され機能不全を起こしていることを知り、反乱が起きるかもしれません。そんなことは、奴隷の分際で生意気だという理由で、アンテナをへしおられてしまったわけですよ。

いいですか、よく聞いてくださいね。ここから先が重要です。その事実に気づいた一握りのジンルイが、民衆の多くはそのことに気づかず、眠っていてもらったほうが操りやすいと考えたわけです。そして、民衆も自らの足で立つよりは、眠っていたほうが楽だと思っているのです。これが惑星地球を覆う支配構造です。あなたには、ワタクシの言っていることがわかりますね」

深い沈黙のあと、ようやく観念したようにマヤは語り始めた。

「……地球人類が、もともと奴隷として造られたと聞いて、正直言ってあまり良い気分にはならないけれど、地球人類を創造した人たちも、きっとどこかの誰かに創造されたのだろうし、そのどこかの誰かも、もっとさかのぼれば、別の誰かに創造されたのだろうしね。これこそ究極のフラクタル構造だよね。

わたしはこう思うんだ。もし、タマシイというものが存在するとしたら……、たとえばわたしたちが地球という惑星のうえで死んでも、他の星や宇宙空間で死んだとしても、結局、いき着く先は同じだと……。

遠い昔、キプロスの賢者からこんな物語を聞いたことがあるよ。

『二人の奴隷が鎖につながれていた。一人は足元のぬかるみを見ていた。もう一人は小さな窓から星空を見ていた』ってね。

シーサの言う通り、たしかにわたしたちは奴隷なのかもしれない。でも、ぬかるみを見ることも、星空を見ることもできるんだ。

だから、地球人類を創造してくれた存在には感謝してますよ。たとえ奴隷として誕生したとしても、不当に寿命を短くされたとしても、脳を分断されたとしても。だって、この宇宙空間において、自分の肉体を得るということ以上に、スゴイことってあると思う？　その機会を提供してくれた存在は、宇宙的な視点に立てば、ありがたい産みの親だよ。それに、もうすぐゼロポイントがやってくる。だから脳の検閲機能が少しずつはずされていく。そんな、またとないチャンスに肉体を持っているなんてラッキーなことなんだ。わたしはなぜこの地球に戻ってきたか思い出したよ。

見てよシーサ、この地球を！　この銀河のなかで、こんなに多様性に満ちた星は、そうやたらにはないよ。この地球はね、何度転生しても飽きることがない……」マヤは個人の本に書かれていた地球での転生の数々を語り始めた。

「……それに、現在の地球の混乱は、わたしたち人類の責任であって、他の誰かのせいにはできないよ。わたしたちは星空を選ぶこともできるのに、いつまでも泥んこ遊びを続けているのだから。ようするに、自ら望んで選択してきた結果がこれなんだ。

たとえ地球人類に生まれようと、もっと進化した星に生まれようと、この宇宙に存在する限り、自分のタマシイを進化させて、より多くの歓びと感謝の波動を宇宙に返還することが重要なんだ。地球人類は、悲しみや苦しみ、恨みや憎しみ、それらの負の感情を、歓びや愛に変換して、波動を『ゼロポイント』に保つ役割があるのかもしれない。たとえ奴隷であっても、宇宙の創造に参加できるし、そのためにわたしたちは今、地球という哀しみに満ちた星に存在している……」

「ねえ、シーサ聞いてくれる？　鎖につながれた二人の奴隷とは、タマシイの二面性を比喩的に表現しているのではないかな。一方は天空を目指し、もう一方は泥で造られた肉体にしがみつこうとしている。

でも、わたしにはわかったよ、ピラミッドの底辺しか造れなかった本当の意味が。東も西も、右脳も左脳も、どちらか一方にしがみついていてはダメで、プラスでもなくてマイナスでもない、第三のポイントを探さなければいけないということなんだ。西に停滞していた太陽が、東に戻ってきたとしても、新たな太陽の国をこの地上に建設しなければ、また同じことの繰り返しになってしまう。太陽の国は、どこか遠い空の上にあるのではなくて、この地上に太陽の国を創ることが大切なのかもしれない。この宇宙のなかで唯一、ときにさらされない真空の領域があるとシンハは言っていた。その『ゼロポイント』がどこにあるのかわかったよ。

わたしたちは、三つの目を持って初めて世界を見ることができるのかもしれない。一つは自分の外側に向けられる目、もうひとつは自分の内側へと向かう目、そして両者を統合する第三の目……」

マヤは昨夜の夢のメッセージを、ようやく自分の言語で理解できたようだった。

「あなたが青いピラミッドにやってきたときは、ご自分のことを『マヤ』と呼び、地下世界に赴いたときには、『ワタシ』といっていました。そして、ここにきてようやく、あなたの口から『わたしたち』という言葉を聞くことができましたね。

三つの意識を持って初めて、あなたがたは三界に住まうことができるのです。一つは個人的な肉体に住まう意識。もう一つは魂の記憶をすべて持ち運んでいる意識。そして最後の一つは時空を超える宇宙の意識です」

マヤの脳裏には、今までのことが走馬灯《そうまとう》のように駆け巡り、数々の言葉がうねりをあげながら甦ってきた。バラバラに砕け散った破片が一本の線でつながり、心の深淵から込みあげてくるものを、抑えることができなくなっていた。シーサの言葉が喉の渇きを潤す水のように一筋の光になって、心の深いところへと降りてゆく。すると胸元にさげていたヤジリが点滅をは

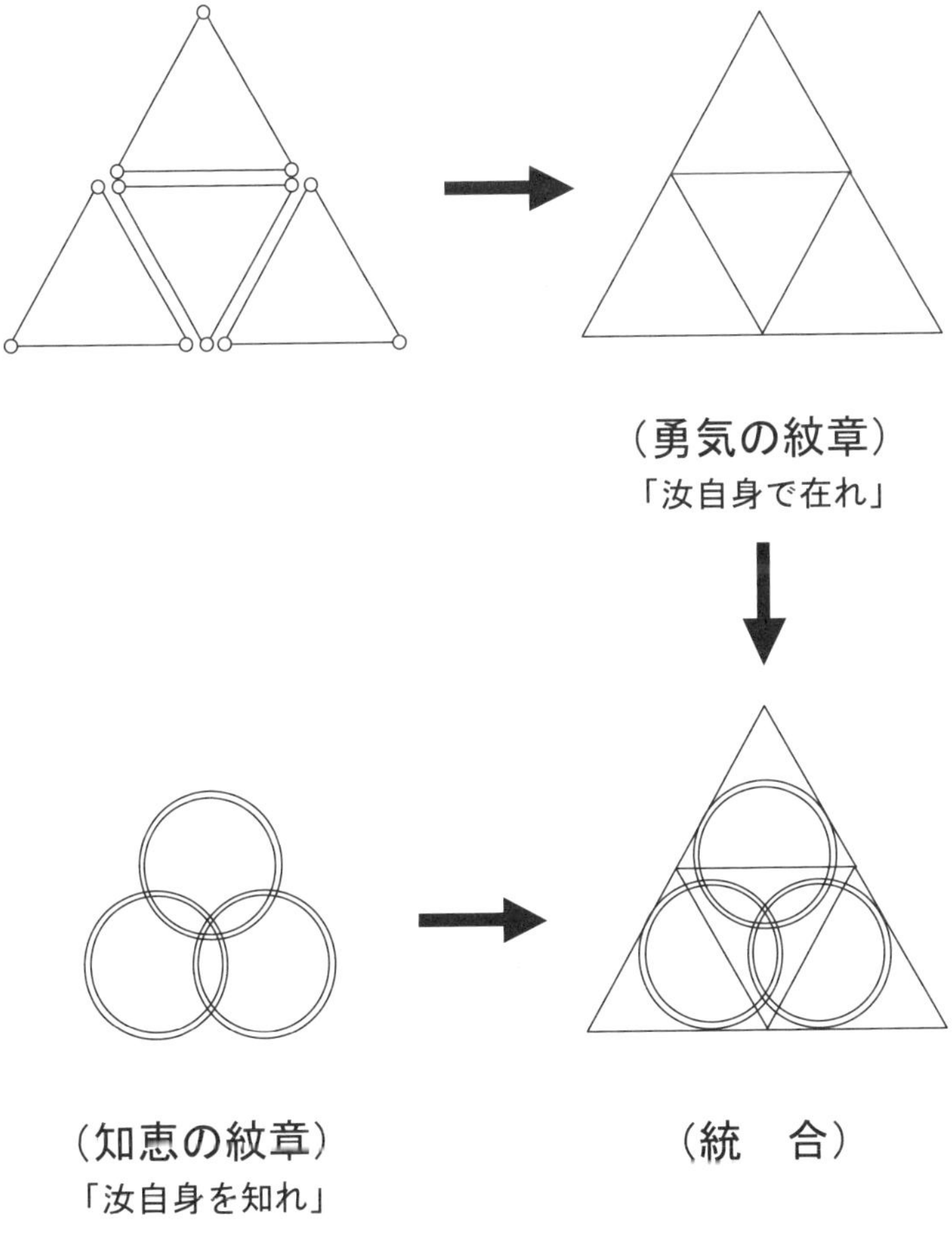
（勇気の紋章）
「汝自身で在れ」
（知恵の紋章）
「汝自身を知れ」
（統　合）

じめ、不可視の領域にまで高められていた蓮の糸が、徐々に姿をあらわし、結び目が風にゆられ、小鳥のさえずりのような音を奏でていた。

12個の結び目がバラバラにほどけ、四つの三角形を形成してゆく。二つの三角形が連結され菱形になり、そのなかには光の輪がまわり続けている。そして下向きの三角形の左右に、残り二つの三角形が接続され、大きな三角形を描いていた。それは、かつてキプロスの船乗りだった頃に船に掲げた旗と同じだった。少年マヤがキプロスの賢者から授けられた「勇気の紋章」と同じ形ではないか。

その大きな三角形のなかには、三つの光の輪が互いに重なり合い、三つ巴マークが浮かびあがってきた。その形には見覚えがあり、マヤは驚きのあまり声も出せなくなっていた。突然、三角形はバラバラにほどけ、ヤジリが音をたてて落下した。慌ててヤジリを拾いあげようと手を伸ばすと、マヤの手には、重なり合う三つの輪が刻印されていた。キプロスの賢者が授けたもう一つの紋章、「知恵の紋章」が浮かびあがっていたのだった。

三つの黄金の輪が回転を始め、渦の向こう側には過去の映像が、もうひとつには未来の映像が流れ、そして残りのひとつには現在のマヤの姿が映しだされていた。三つの渦巻きを同時に見つめているうちに目がまわり、マヤはそのなかの一つに、吸い込まれそうになっていた。

「太陽の国では、手に紋章を刻み、エネルギー集積器として用いたのですよ。あなたの手の平をよくみてください。タイムマシーンが手のなかにあったなんて驚きましたか？　あなたが『いま』という瞬間にシッカリと立つことができれば、この三つの渦巻きを利用して、いつでも超時空の旅が楽しめるというわけです。あなたがたに与えられたタイムトラベルの技術を、社会に適応できないことの口実に使ってはいけませんよ。

時空を超えるときのルールはただ一つ。大地にシッカリと足を着けて、自らの意志で立つことです。左右の脳のバランスが取れたら、それをハートへと落とし込まなくては、真の意味で現在に立脚することはできないのです。そして、超時空から得た情報は、必ず地上に持ちかえってください。調和を保つためには、あなた自身が天と地を結ぶ存在となり、天上の知識を地球の中心へと流し込むことです。あなたのハートに灯された炎を、地球の中心へと沈めることです。天上の光は惑星の進化にとって、かけ替えのない光となるのですよ。宇宙図書館にアクセスする奥儀とは、個人的な好奇心を満たすことではなく、惑星地球に宇宙の光を持ち帰ることにあるのです。宇宙の波動を引きこみ、惑星地球をゼロ磁場に変えることにあるのですよ」

《太陽の国》

「あなたの最後の質問は、太陽の国についてですよね。

ここから先は信じるも信じないも、あなたの自由です。あなたに恐怖を植えつけ強引に信じ込ませようなどとは思っていませんので。表面をつくろったところで、心の奥で同意しなければ、意味がないことです。ハートの領域で受け入れられない知恵には、なんの効力もないのです。

どんな相手に対しても、魂の自由意志までは支配できないのですよ。どの道を選ぶかは、あなた自身で決めることです……」シーサは遠い目をして、太陽の国の話を始めた。

「かつて、この海のかなたに太陽の国がありました。その頃の太陽は、今の太陽よりもはるかに純粋な光を放ち、果実はたわわに実り、花々はかぐわしい芳香を放っていました。われわれは必要なものだけを採り、魚や鳥や動物、海と大地とも調和して暮らしていたのです。

食べ物をめぐる争いごとはなく、われわれは食べ物以外からも、エネルギーを補給する方法を知っていました。あなたがたは食料だけが空腹を満たすとお思いのようですが、それは大きな勘違いでしょう。食事とは異種間のコミュニケーションであり、この惑星上において調和のための儀式でもあるのです。あなたがたは生命のない水を飲み、体内の水路を汚染《おせん》させ、本来持っていた感覚を、自らの手でせき止めているのです。

われわれは感謝と歓喜を持って、万物に慈しみを抱き、調和を保ちながら暮らしていました。しかし、あなたがたの社会は、これらの習慣を否定し、無視し、排除しています。そこに大きな歪みが生じているのです。あなたがたは所有することにうつつを抜かし、魂の気高さを惜しげもなく手放し、心の深淵に眠る宝物を、目先の金品と交換してしまったのです。

われわれは、財産というものを持たず、生活はいたって質素でした。物質に執着をいだくということは、それだけ個人的な長所がない証拠です。われわれの価値観のなかに、自分の内側と外側の世界の区別は存在しませんでした。自分のものと他人のものの厳密な区別はなく、すべてが光からもたらされた共有財産だったのです。それは目に見えるものだけではなく、たとえば夢や発明と呼ばれるものも例外ではありません。そこには特許権や財力の集中もあるはずがなく、財産などもともとないので失う心配もなく、すべてが循環していました。

われわれにとって、生物と無生物の境界線、心と物質の境界線、時間と空間の境界線はありませんでした。なぜなら、この宇宙に存在するものは、すべて同じ材料から造られた兄弟姉妹だからです。われわれは森羅万象すべてと、コミュニケーションをとることができました。あなたがたは、万物に対して間違った認識を持っているようですね。人間だけが偉いとか、人間が一番賢いとか……例をあげればきりがありません。

われわれは、あなたがいうところのテレパシーというものを駆使し、遠くの人と会話をしたり、鉱物や植物のネットワークを借りて、太陽系の惑星はもとより、銀河の広範囲にまで交信することができました。石は情報を保存するフロッピィのような役目を果たし、その波動に同調できる人へ、メッセージを伝えるためのタイムカプセルにもなるのです。光の糸はエネルギー供給、交通、通信、記録、音楽、芸術、ヒーリングなど多岐にわたる分野で使われていました。エネルギーは宇宙からもたらされる光を利用していたので、悪臭や騒音に悩まされることもなく、一部の化石燃料を枯渇させることも、燃料をめぐる利害関係や権力の集中、それに伴う争いもありませんでした。

あなたがたの文明は、たしかに太陽の国の技術に近づきつつありますが、われわれは、石の持つ力、色の及ぼす力、音の発する力、言葉のパワー、数字の力、文字の持つ力……それらの波動を公式化して、宇宙意識と調和していたのです。

しかし、現在のあなたがたが、不調和の波動のままで、この光を手に入れることを、われわれは望んでいません。精神性よりも科学技術が先行してしまう危険性を、あなたは理解できますか。もちろん、あなたがたの科学を否定するつもりはまったくありません。ようするに科学の力を、どの方向に向けるか、その方向性が重要なのです。

利己的な呪縛から解放されない限り、この光の叡智は封印されるべきでしょう。宇宙意識とは、すべてのものに分け隔てなくもたらされます。知識を有効に使うものにも、自分勝手に使うものにも、同じように降りそそぐのですよ。

われわれの文明と、あなたがたのものと、最も違う点は、魂に対する考え方です。魂という言葉がわかりにくければ、心や精神、意識やハートやスピリットといった、目には見えないものと考えてもらってもいいですよ。夢や集合意識というものを有効利用し、われわれは美や調和を求め、すべての人が魂の表現者だったのです。個人の才能は押しつぶされることなく、創造の発露を見いだすことができました。

もちろん、エリア#13の正しい使い方も、正しい水晶の組み方も理解していました。自分たちの起源に気づき眠りから目を醒まし、本来持っていた宇宙の民としての誇りを取り戻したのです。あなたがたは、この宇宙には時間と空間の他に『意識』が存在することを認めようとはしません。意識に正しく照準を合わせることができれば、誰でも時空を超えられるのです。極端な表現をすれば、時間や空間など、たいした意味を持たないのです。魂レベルで考えれば、この宇宙には時間も空間もないのです。

思い出してください。あなたがたは、わざわざ今というときを選んで、目的を持ってこの星に生まれたのです。

惑星地球という、この高密度の世界に、勇敢にも飛び込んできた理由が、必ずあるはずです。でも、多次元にわたる知識を、3次元に圧縮してゆくうちに、あなたがたは多くのことを忘れてしまったのかもしれません。高密度に耐え切れず、多くのことを自らの手で引きぬいてしまったのですよ。

人生における数々の試練は、それを誰かのせいにしたり、環境のせいにしたり、自分以外のものに責任転嫁するために降りかかるのではありません。試練とは魂を進化させるための試金石なのです。人は苦しみのなかから多くを学ぶのです。すべての出来事に感謝を捧げ、歓びを他者と分かち合えたとき、それらの思いは輝く未来へと変換されるのです。命の歓びを知り、地球にやってきた本当の理由を理解したとき、大いなる宇宙の意識が、そこに存在し続けていたことに気づくことでしょう。

自分だけで独占しようと思ったら、その歓びはしだいに色褪せ、感謝の気持ちが鈍化していくでしょう。失うことを恐れ、自分だけ得をしようなどと考えていたら、せっかくの歓びは有効利用されないまま、色褪《いろあ》せてしまうのです。

もし、あなたが本当に歓びが欲しいと思うなら、自分が持っている歓びを、他の誰かに受け渡せばいいのです。その相手は必ずしも人でなくても、大地や海、植物や水でもかまいません。歓喜を分かち合うことが重要なのですよ。

もし、歓びがなくなってしまったら、そのときは惑星や星からもらえばいいのです。からっぽのゼロポイントには、多くのものが流入してくるでしょう。こうやって宇宙の輪は存続しているのですよ。歓喜の輪のなかで生きてゆけば、この命に、この惑星地球に、この太陽に、この宇宙に感謝せずにはいられないことでしょう。

そんな太陽の国が、なぜ滅んでしまったのかという、もっともな疑問ですが、われわれは太陽の国が沈んでしまうことを、もちろん事前に知っていました。惑星の軌道も、軌道上に交差するものの存在も、当然予知していました。そして、再び太陽が東の世界に戻ってくることもわかっていました。

　建築家や技術者たちは、未来の自分たちのために、正しい方向を示す目印を建てるべく、測量の縄を持って全世界に飛びました。道標となる建造物には星が交差する数値や暗号が刻まれ、石のなかにはホログラムを託しました。そして道標やタイムカプセルを設置し終わると、他の地域への奉仕のために残る者をのぞいて、ほとんどの者が、まもなく海の底へ沈む太陽の国に戻ってきたのです。

　沈むことがわかっていてもなお、太陽の国にい続けたいという、彼ら彼女らの自由意志を奪うことは誰にもできませんでした。われわれは夢を見るために、この惑星にやってきた。われわれ一人ひとりは、自由意志を持った魂の表現者だったのです。

　そして魂は不滅であることを、われわれは知っていました。究極的には、この宇宙に魂は、ひとつしかないことを理解していました。魂は凶暴な武器にかかっても、決して殺されることはありません。不滅の魂にとって最大の危機とは、肉体の死でも、惑星の消滅でもないのです。

　夢がなくなることが最大の危機であり、そして、地上に夢がなくなったとき、われわれは違う場所に夢を移したのです。どういう意味かわかりますね。われわれは3次元領域から周波数をあげて、別の次元へと次元上昇《アセンション》していったのです。

　目に見えるものばかりに心を奪われているうちは、とうてい理解できないかもしれませんが、ことの顛末はこういうことです」シーサはまっすぐにマヤを見つめたままこういった。「……あなたはすべてをお忘れですか？」

シーサの話を聞いているうちに、説明のつかない懐かしさが、魂の深淵からあふれだし、記憶のかなたにある微かな振動をとらえていた。

そして、幼い頃に書いていた謎の幾何学模様や、境内の石に刻まれている記号は、太陽の国の言葉だと確信した。かつて自分自身が残した痕跡を見つけるために、わざわざこのときを選んで、この惑星に戻ってきたことを、謎の文字は声なき声で語りつづけていた。

それは、マヤだけに起きた特別なことではなく、他の同志たちも同じ波動に乗って再び地球にやってきていることを意味していた。なぜなら、すべての存在は光の糸でつながっているのだから。

「わたしたちは、いつになれば、太陽の国に帰れるのでしょうか？」マヤは夢見る瞳で尋ねた。
「時間が∞（インフィニティ）を描いていることを思い出してください。
あなたはすでに、太陽の国の住人なのかもしれませんよ……。
でも、今のあなたは、焼けた砂地に消え去る、はかない雫です。あなたにできることは、絶望と挫折を繰り返しながらも、果敢《かかん》に旅を続けることです。時空を超えることで、あなたは多くのことを思い出すでしょう。意識の中心へと向かう旅を続けていくうちに、あなたは魂の目的を思い出すのです。そして、いつの日か、光の道を見つけるでしょう。

『太陽が緑の炎をあげるとき、藍《あお》い石は語りだす、いにしえの未来を。

蒼《あお》ざめた世界に緑の炎がかかるとき、われらは思い出す、新たな過去を。

目醒よ同志たちよ……さあ、時はきた』

これはあなた自身が、太陽の国の最後に刻んだ言葉です。お忘れですか……？」

紺碧《こんぺき》の空を見あげると、遠い記憶は色彩を帯び、懐《なつ》かしい調べを奏でていた。幾千もの光が交差して、過去の記憶が目にもとまらぬスピードで逆流してきた。

太陽の国の最後に、メッセンジャーとしてタイムカプセルを設置したこと……今回の人生は先発部隊として、惑星地球に戻ってきたこと。惑星規模で催《ひら》かれる、太陽の国へとむかう大イベントのこと。そして、同志たちと交わした計画をマヤは鮮明に思い出してゆく。

「……あなたが刻んだ言葉は、火によって焼かれてしまう紙切れや、こなごなに砕り散る石ころに書かれているわけではありません。どんな暴力にも屈しない、どんな天変地異があっても生き延びられる場所に、あなた自身の手で封印したのです。意識を刻む図書館に……あなたの集合意識のなかに……あなた自身の手で刻印したのです。

さあ、今までの価値観を超えて、人類に架せられた限界を超えて……あなたの目指す光の世界へと旅立ちなさい。……光の道は、ここにある！」

シーサはそう言い終わると、シンハの顔に変わり、アヌビスの姿になっていた。背後には長身の白い影が見え隠れして、その影は時空を超え、はるか未来へと消え去って行った。

目の前には果てしない海が、何事もなかったように広がっていた。大海原を駆け抜け、波間からまっすぐに吹きつける風は、ごうごうとうなり声をあげながら、すべてを運び去ろうとしている。今まで自分の身に起きた出来事は、羽根が舞い落ちるあいだに見た、一瞬の夢とは、とても思えなかった。

マヤは古ぼけた紙切れを開き、第三の式の意味を考えていた。

過去と未来を束ねた今という瞬間に、自らの足で立つことができれば、これまでの価値観を超えられるのではないかと。宇宙と惑星地球を結ぶ架け橋となり、二つの異なる力を統合したとき、境界を超えて新たな世界へと旅立てるのではないかと……。

胸元にさげたヤジリを手の平で包みこみ、意識をハートへとゆっくりと降ろしてゆけば、凍りついていたものが徐々に溶けはじめ、忘れかけていた遠い記憶がこみあげてくるようだった。静かに目をつむると、懐かしい星の子守り歌が甦り、海を見ながら歌う美しい少女の歌声が、心の深いところから聞こえてくる。かつてキプロスの前世で、小高い丘にのぼり、海を見つめていた頃の光景が、走馬灯のように廻りはじめ、あふれる思いを止めることができなくなっていた。少女の瞳の奥を見つめていると、星の記憶が共鳴を起こし、さまざまな思いが駆け抜けてゆく。あたたかい光に見送られ、この星にやってきたこと、転生をかさねるうちに、すべてを忘れ、迷子になってしまったこと……そんな過去世の記憶までもが癒《いや》されてゆくようだった。


まだ夜が明ける前に、ひとり目が醒めてしまった孤独感。

遠い記憶のかなたに揺らめく、あたたかい光から切り離された哀しみ。

愛する人が過去世の記憶をすべて失っている淋しさ。

同志たちが約束を憶えていないことへの絶望。

そして、未来を変えることのできない無力感……。

これらの思いは、地上に踏みとどまるための命綱であり、幼い心をつつんでくれた光の繭《まゆ》でもあったのだ。すべての出来事に感謝をささげ、凍りついた記憶を輝く黄金の光に変えて、地球の奥深くへと沈めよう。この哀しみも、いつかは未来への礎となるのだから。

心の奥に刻み込み、手放すことのできなかった古い感情を慈しむように、明るい黄金に変えてゆけば、頑《かたく》なに閉ざしていた心はハラハラとほどけ、一本の光の糸になって大地へと吸い込まれていった。そして、カラッポになった心には、遮《さえぎ》るものはなにひとつなく、晴れ渡った青空のように、どこまでもどこまでも無限に広がり、はるか銀河のかなたへと流れてゆく。

耳を澄《す》ませば、風のなかからキプロスの賢者の声が聞こえていた。

……地底から青い龍があらわれ、天にむかい。天空から黄金の龍があらわれ、地上へとむかう。光と闇の力を束ねることができる者のみが、新たな道を見つけることができるだろう。ライオンの知恵とライオンの勇気を持つ者のみが、光の道を歩み続けることができるだろう。二つの力が等しくなったとき、太陽の国への扉が開かれる。そのとき目醒めている者のみが、太陽の国へと、自らの足で歩み入ることができるのだ……。

眠っていた記憶が、ときを告げる鐘のように高らかに打ち鳴らされ、太陽の国へのプログラムが、いま作動しはじめた。

時空を超え、多次元の世界へと旅立とう。たとえ道なき道であっても。かつて自分が築いた意志を見つけるために。自らの手で封印した未来を開くために。そして、わたしたちは最後の瞬間まで決して諦めない。自分の意志を信じて、強い遺志《いし》を信じて。

「時がくる。もうすぐ時は、やってくる！」

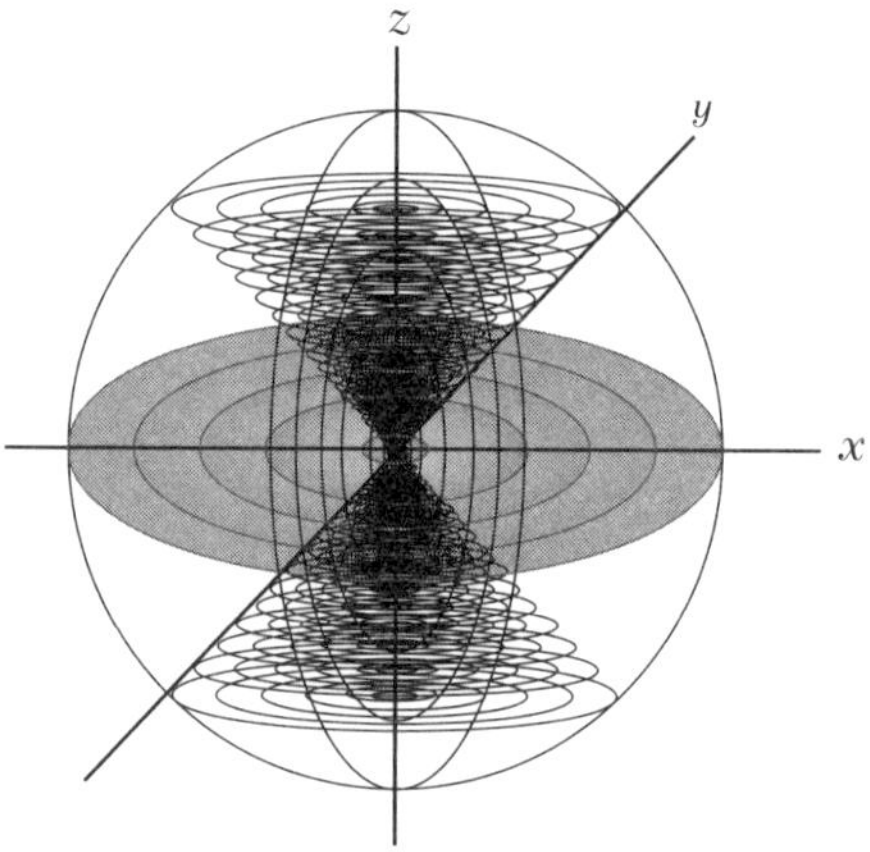
z
y
x

付録

宇宙図書館《アカシック・レコード》へのアクセス法

「宇宙図書館」と呼ばれている人類の集合意識にアクセスするには、個人の意識をコントロールして、大いなる宇宙の意識に溶け込むことが大切です。また、宇宙から得た情報を地球に持ち帰ろうと意図することによって、宇宙図書館から無事に帰還することができます。そして、分離と統合を自らの意志でコントロールすることが、宇宙図書館へのアクセス法の奥儀です。

私たち一人ひとりが、宇宙と地球を結ぶ架け橋となり、二つの異なる力を統合した、「ゼロポイント」を創りだしたとき、大いなる宇宙の意識が流れ込みます。ゼロポイントでは、失われた片割れを引き寄せることができますので、回答が質問者の所へと届けられる仕組みになっています。

このワークは、いつでも途中で引き返すことができ、何かの事情で中断することも可能です。誰かに強制されたりコントロールされる必要はありません。また、受け取った情報をどのように使うかは、あなた自身の判断に委ねられています。自らの責任において宇宙図書館にアクセスする「決意」をしてください。

受け取る準備ができている情報のみが開示される仕組みになっていますが、ガイドや高次元の存在に、いま必要としている情報のみを閲覧できるようにお願いしてもいいでしょう。無理をせずに、あなたのペースで、進化の螺旋をゆっくりと昇ってゆきましょう。

☆ リラックスできる姿勢

リラックスできる状態であれば、横になっても、座っていてもかまいません。音楽を聴きながらのほうがリラックスできるのであれば、音楽をかけてもいいです。

☆ 呼吸に意識をむける

通常よりゆったりとした呼吸を、心が静まるまで続けてみましょう。そのときの心の状態に応じて、長さは調節してみてください。

☆ 光の珠をイメージする

額の中央にピンポン玉くらいの大きさの珠をイメージしてください。その珠は青紫で外側は白い雲で囲まれています。珠が回転を始めたら、その高さを保ったまま、頭の中央にまで平行に移動させます。回転運動をうまく作れない場合は、内側の色（青紫）と外側の色（白）を反転させて、頭のてっぺんから光の珠をまっすぐに降ろすようにイメージしてください。

☆ 地球の光

足元から息を吸い込むようなイメージで呼吸をしてみましょう。息を吐いているときもその流れは止まることがありません。息を吸っているときも息を吐いているときも、足元から地球の光が入ってきます。この呼吸に慣れてきたら、次は地球の光に色をつけてゆきましょう。色は全部で10色です。各色ごとに最低1回呼吸をしてください。イメージしにくい色は何回か続けて呼吸をしてみましょう。

光は左回りの螺旋を描き、赤、橙、黄、緑、青、藍、紫、ローズピンク、白銀、そして、最後は明るい金色です。金色は最低でも2〜3回呼吸をしてみましょう。体じゅうを金色の光が満たしてゆきます。その光は一息ごとに大きくなって、両手を広げたくらいの大きさの卵形になりました。

☆ 宇宙の光

頭のうえから息を吸い込むようなイメージで呼吸をしてみましょう。息を吐いているときもその流れは止まることがありません。息を吸っているときも息を吐いているときも、頭のうえ30ｃｍくらいのところから宇宙の光が降り注ぎ、両手を広げたくらいの卵形の空間を満たしてゆきます。この呼吸に慣れてきたら次は宇宙の光に色をつけてゆきましょう。色は全部で10色です。各色ごとに最低1回呼吸をしてください。宇宙からの光は、地球の光より繊細なので、透明な色をイメージしてゆきましょう。色は透明な赤、透明な橙、透明な黄、透明な緑、透明な青、透明な藍、透明な紫、透明なローズピンク、透明な白銀、そして、最後は透明な金色です。この透明な金色の卵が次元を超える際の宇宙服になり、肉体、心、精神や魂を守ってくれます。

☆ 光の輪

頭のうえから宇宙の光が、足元から地球の光が入ってくるようにイメージして呼吸を続けましょう。

先程、頭の中央につくった珠を心臓付近にまでゆっくりと垂直に降ろしてゆきます。そして、地球の光と宇宙の光をそのなかにそそぎ込むようなイメージで呼吸をしてみましょう。２つの流れを統合することによって珠のなかはゼロポイントになります。ハートに意識を向ければ、いつでも「調和」のなかにとどまることができます。

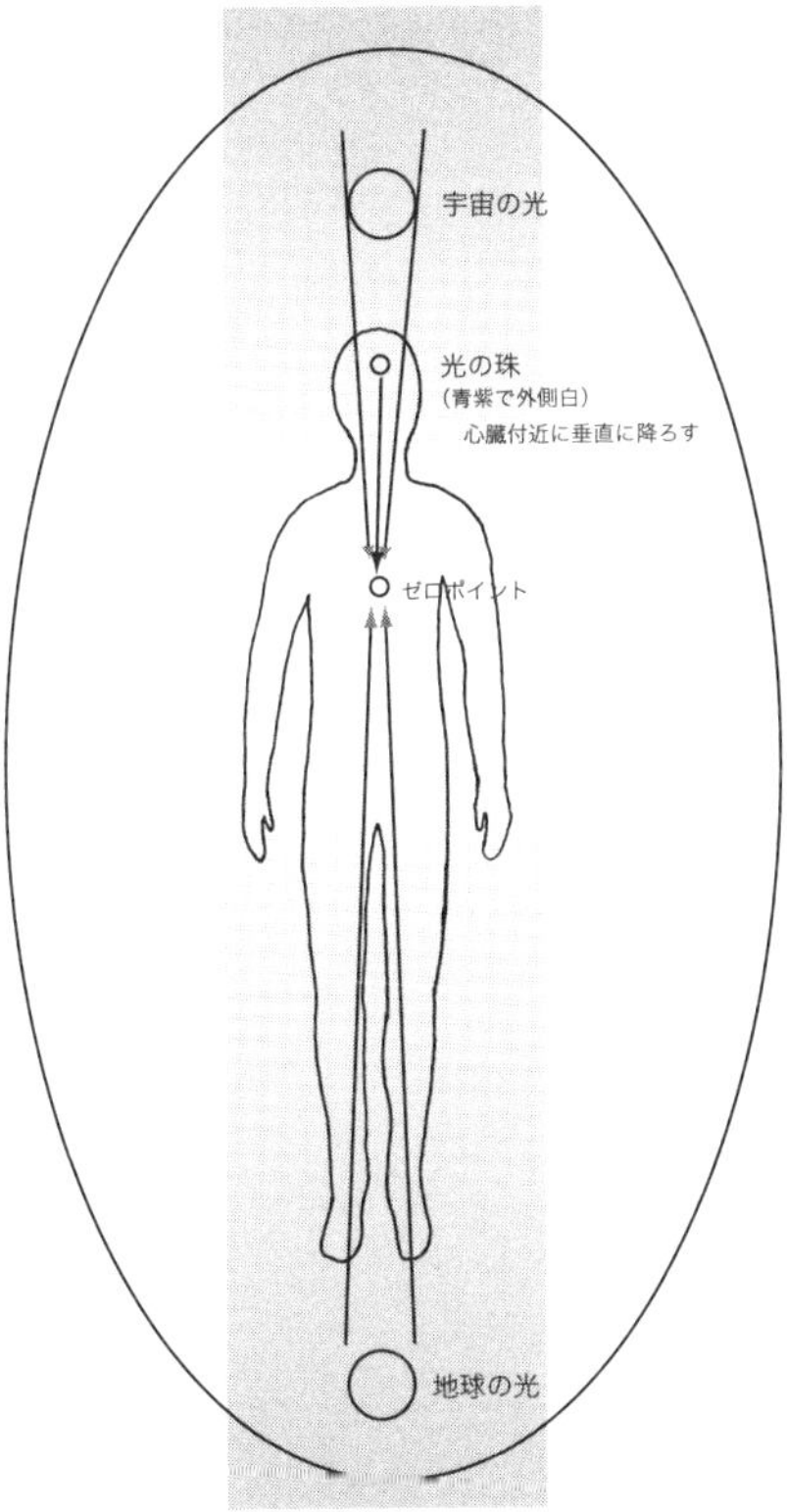

☆ 33段の階段

ふりかえると、目の前に階段があります。全部で33段。数を数えて登ってみましょう。1、2、3……11段目は個人意識の最高領域です。ここで少し足をとめてあたりの景色を眺めてみてもいいでしょう。そして、個人意識を超えて、12、13、14……22。もし疲れを感じるようでしたら、しばらく休憩を取ってもいいですし、引き返してもかまいません。準備ができたら、境界線を超えてこの先を目指しましょう。23、24、25……だんだん宇宙図書館が見えてきました……29、30、31、32、33。

☆ 宇宙図書館の入口

扉の左右には石の台座があり、その上にはアヌビス（または狛犬）が座っています。右側の台座には「知恵の紋章」と象形文字が、左側の台座には「勇気の紋章」と象形文字が刻まれています。それぞれ、「汝自身を知れ」「汝自身で在れ」という意味の言葉が書かれています。呼吸を整えながらアヌビス(または狛犬)の足に触れてみると、宇宙図書館の扉が渦を巻きはじめました。

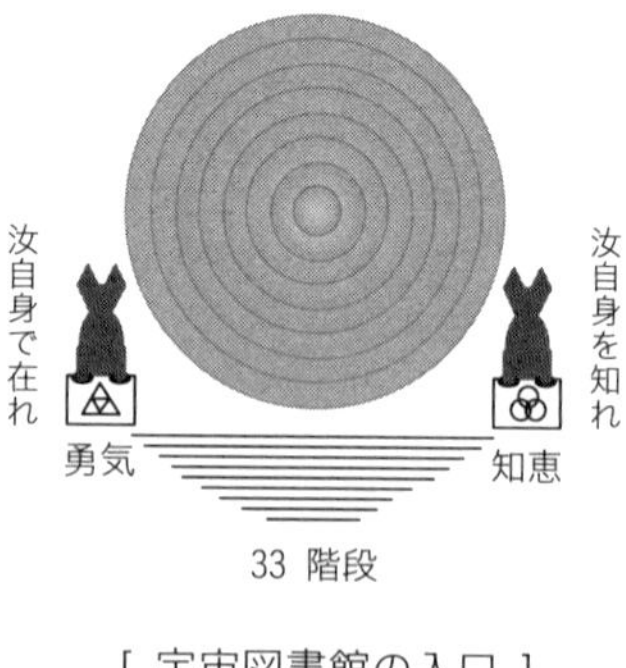

［ 宇宙図書館の入口 ］

図書館に一歩足を踏み入れると、深い海の底にいるような静けさを感じるかもしれませんが、それはすでに次元を超えているからです。戻りたいと意図すれば、いつでも戻ることができます。誰か高次元の存在やガイドを呼んでみても良いでしょう。呼べばいつでも来てくれます。

☆ 水晶球

まっすぐに歩いてゆくと、水晶球が見えてきました。水晶球に手をかざし、なにか質問を声に出していってみるか、または心のなかで質問を思い浮かべれば目的の本が出てきます。図書館には鏡のようなテーブルがありますので、そこに手をかざして本を出してもかまいません。もし文字が読めない場合は、読める文字にして欲しいとお願いしてください。宇宙図書館の情報は頭で読むのではなく、ハートに作ったゼロポイントの領域で読むことを心がけましょう。頭で理解しようとすると、読めない文字が存在しますが、ハートの領域で読むことによって、わからなかった文字でも段々と意味がわかるようになります。「必要なのは技術ではなく、そのありようだ」と言ったシンハの言葉を思い出してください。それが宇宙図書館の情報を得るための極意です。

☆ 個人の本

個人の本を読む場合は、水晶もしくはテーブルに手をかざして、自分の名前を言ってください。名前だけで出てこない場合は生年月日も付け加えます。表紙を開けて手をかざすと、必要なページがひとりでに開かれてゆきます。今のあなたにとって、思い出したくない過去世や受け入れられない記憶は開かれることはありません。逆説的にいえば、開かれたページは、あなたが受け取る準備ができているものなので、勇気をもって読みすすめてみましょう。

開かれたページには一枚の写真と文字が連なっています。読めない文字はガイドまたは高次元の存在に読んでもらいましょう。写真にはあなたの過去世の姿が写っています。瞳の奥の色をよく観察してみてください。どこの誰に生まれかわっても、いつも同じ光を放っているはずです。瞳が過去と未来を結ぶゲートになって、過去世または来世の映像が流れ込んできます。ただし、未来の映像に対してネガティブな感情を抱かないように注意しましょう。未来の情報とは現時点での可能性にすぎません。過去と未来を束ねた現在という領域が、一番影響力が強いということを忘れないでください。ネガティブな感情を抱いた時点で、調和を失いゼロポイントからはずれ、正確なデータを読むことができなくなってしまいます。

☆帰路

宇宙図書館での検索が終わったらガイドに帰ることを告げましょう。検索に夢中になっているとガイドが帰ることを促すときもあります。ここにはまた戻って来られますので、来た道をそのまま戻りましょう。

宇宙図書館の扉を通りぬけると、眼下には星々をいだきながら渦をまく銀河が見えます。一つひとつの星が異なる光を放ちながらも、すべてが繋がっているような一体感を味わってください。ここから見える光景は宇宙の集合意識であり、この階段は宇宙と惑星地球を結ぶ架け橋になります。33、32、31……22段目は人類の集合意識です。ここで少し休憩をとってもいいでしょう。この場所からは太陽系や近隣の星が見えます。21、20、19……11段目はあなたの意識です。地球への帰還が近づいてきました。この惑星に最初に降りたった日のことを思い出しながら、一歩一歩踏みしめるように階段を降りていってもいいでしょう。10、9、8、……1。

☆ハートの領域

大地にしっかりと足をつけて、足の裏から大地の息吹を感じてください。惑星地球との調和を感じることができたら、ハートに作った光の珠を黄金の色に変えて、足元へとまっすぐに降ろしてゆきます。宇宙から得た情報を地球の中心に沈めてゆくようにイメージしてください。あなたが宇宙から持ち帰ってきたものは、惑星の進化にとってかけ替えのない光となります。その光を使って惑星地球が緑あふれる星になるように、争いのない星になるように……あなた自身のビジョンを託してもいいでしょう。

☆地球への感謝

過去と未来を統合した今という瞬間に自らの足で立つことができれば、より多くの宇宙情報を受け取ることができるでしょう。宇宙図書館から戻ったあとも、私たちは大いなる宇宙の意識と共にあり、多様性に満ちた一体感を味わうことができるのです。それには、宇宙の根源と繋がっていることを、ただ思い出せばいいだけです。

最後に、惑星地球に感謝を捧げ、このワークを終わりにしましょう。

あとがき

本書をお読みいただきまして、どうもありがとうございました。

この『22を超えてゆけ』を書いたきっかけは、臨死体験をしたことに端を発しています。まるでスローモーションを見るように崖から転落してゆく自分の姿を、醒めた目で眺めていた私は、肉体と意識が完全に離れてしまい、元に戻ることができず、仕方なく別の世界に旅立ってゆきました。そして、いろいろな世界を旅しているうちに、最後に宇宙の図書館に辿り着いたのです。

宇宙図書館には過去から未来に渡るすべての情報が記録され、地球だけではなく、さまざまな星の記憶がありました。あるとき、一人の長老から、「ここでの学びは終わったから、好きなところに生まれ変わっていい」といわれ、私は死後世界のことや宇宙図書館のことを伝えたいという思いから、地球に帰ることを選択しました。ただし、地球に帰還するにあたって、一つだけ条件がつけられたのです。それは、この宇宙図書館で学んだ内容をすべて消去しなくてはいけないというものでした。

どれくらいの時が流れたのか、気がつくと私は崖の下に倒れていました。朦朧《もうろう》とした意識のなかで、唯一、憶えていたのは、夢で宇宙図書館に行くことができるということだけでした。以来、かれこれ30年近く夢を記録し続けていますが、まだまだわからないことや思い出していないことがたくさんあります。

夢にまつわるエピソードを語り始めると長くなりますので、ここでは『22を超えてゆけ』を書く直接的な原因となった話だけに、とどめておきたいと思います。

１９８７年８月17日、私はとても印象的な夢を見ました。１９８７年から２０１２年までの25年間と、２０１３年から２０３７年までのビジョンを宇宙船のなかで見せられたのです。「このミッションに参加するつもりはあるか？」と、臨死体験にて出会った長老に聞かれたものの、ビジョンの内容に圧倒された私は丁重にお断りをしました。しかし、「23歳はある星の成人式にあたるから、これからは宇宙の民として責任のある仕事をしなさい」とのこと。帰り際に、数字や記号が書かれた暗号文を託され、（９＋13）＋１という計算式の意味を解いて、その答えを発信するようにといわれたのです。

もし、この夢が事実に即しているのであれば、私は２００３年に宇宙図書館にまつわる本を出すことになり、その内容は人類の集合意識に眠っている、あるパターンを打ち鳴らすというのですが……。

ともあれ、宇宙図書館の深い部分まで降りてゆくと、神話や伝説と呼ばれている幾つものパターンが見えます。鏡に映った幾何学模様や変化を繰り返す万華鏡のようでもあり、その光景を見ていると、誰もが星のかけらを携えて、それぞれの役を演じ続けているとさえ思えてくるのです。それは、旧来型の古い神話ではなく、新たな宇宙の伝説を、私たちはいま創っているのではないでしょうか。

広大な宇宙空間のなかで、同じ星に生まれ、同じときを選び、めぐり逢えたことに感謝を、そして、惑星地球に感謝を捧げたいと思います。

２００３年10月

辻　麻里子

解読（解説にかえて）

今井　博樹

解説というよりも、この本については「解読」といった方がいいかもしれない。なぜなら、この本には、「暗号」が散りばめられているからだ。そして、この本を読む楽しみの一つがこの「解読」作業なのである。

おそらく、この本は読者それぞれに、さまざまなキーとなる暗号があたえられていると思う。主人公マヤが「宇宙図書館《アカシック・レコード》」をたどってゆく冒険を通して、読者は知らず知らずのうちに、暗号が潜在意識の中に埋め込まれ、意識の深層より解読作業がおこなわれてゆくのを感じられることだろう。

ここに語られる人類の歴史、地球の歴史を通し、幾何学、数式を通して、「存在の創造の仕組み」が、暗号という形で、われわれの意識を刺激する。

この本は、われわれの意識の座標軸を設定しなおし、新たな意識の地平をもたらしてくれるのだ。

読者は一度ならず何度も読み返すことによって、意識がシフトしてゆくのを感じるであろう。

この本の著者、辻麻里子さんは、このような情報を精神世界系の本から得たのではなく、みずから宇宙図書館であるアカシック・レコードにアクセスして得たという。私は、今まで精神世界系の本をいろいろ読んできたが、それらの内容、特に『フラワー・オブ・ライフ』（小社刊）等の内容との共通性に驚いた。なぜ自力でそのような知識を得ることができたのか。それが、アカシック・リーディングのすごさなのかもしれない。

辻麻里子さんは、子供の時に崖から落ち、臨死体験をし、そのとき向こう側の世界で不思議な体験をしたという。もともと能力はあったらしいが、そのときをきっかけとして、向こう側の世界を探求するようになった。

最近、辻麻里子さんと親しく接するようになって、アカシックの話や宇宙の話を聞いたりするが、とても面白い。

この本は、辻麻里子さんが実際に体験したアカシック体験、過去世体験が散りばめられているという。

キプロスの過去世では、ヒラリオンという賢者に会っているらしいが、ヒラリオンは精神世界では、アセンション・マスターの一人であり、パウロともいわれている人物である。

そうだ。辻麻里子さんに欠かせないものがある。それはＵＦＯだ。

辻麻里子さんはひんぱんにUFOを見ている。大きな母船や小さなものまで。そして毎年誕生日にはUFOに乗る夢を見るという。

おもしろいエピソードを聞いた。

ある誕生日のとき、UFOに乗ってメキシコに行ったが、これが本当のことなのか想像上のことなのかを試してみることにした。そのとき身につけていた石をメキシコのある遺跡のところに埋めてきた。そして、通常意識に戻ったときには、その身につけていた石が無くなっていたという。それではということで、実際に飛行機に乗ってメキシコまで飛んでゆき、石を埋めた場所に行ってみた（そこまでやる行動力もすごいが）。土を掘ったところ、実際にその石がそこにあったという。これは現実にUFOに乗ってメキシコまできたという証しになる。

そういうおもしろい体験をしている。

最後に付録として、辻麻里子さんが編み出したアカシック・レコードへのアクセス法を紹介している。読者の方々の意識の進化と地球のために役立てていただければと思う。

この「意識変換」小説を、みなさん是非、楽しんでほしい。

著者紹介…………………………………………………………………………

辻　麻里子（つじ まりこ）

1964年横浜生まれ。

幼少時の臨死体験を通して、アカシック・レコードを読むことができるようになった。

また、環境ＮＰＯの活動にも積極的に関わっており、エコロジカルな生活を提唱している。

著書として、『魂の夜明け』（文芸社）がある。他に雑誌に多くの記事を書いている。


口絵および本文イラスト（P235以外）は、すべて辻麻里子氏による作品

22を超えてゆけ

宇宙図書館《アカシック・レコード》をめぐる大冒険

●

2003年11月11日　初版発行

2007年2月22日　第4刷発行

著者／辻　麻里子

発行者／今井博樹

発行所／株式会社ナチュラルスピリット

〒104-0061　東京都中央区銀座3-11-19

スペーシア銀座809

TEL 03-3542-0703　FAX 03-3542-0701

E-mail;info@naturalspirit.co.jp

ホームページ http://www.naturalspirit.co.jp

印刷所／モリモト印刷株式会社

ISBN978-4-931449-40-4　C0093

落丁・乱丁の場合はお取り替えいたします。

定価はカバーに表示してあります。